小学館文庫

# 銀座「四宝堂」文房具店Ⅲ

上田健次



小学館

# ブックカバー

お風呂上がりにソファでテレビを眺めていたら、何時《いつ》の間にか寝落ちしていた。辛《かろ》うじて手にしていたスマホの震えで気が付くと、それは晴菜《はるな》からのLINEだった。

【やばい……、39・4℃】

「えっ？」

慌てて【まじで？　ヤバくね？　大丈夫？】と返信する。

【とりあえず明日の朝一でお医者さんに診《み》てもらえるように予約した】

【マジか。とにかくお大事に】

【ありがとう。うちの学校、風邪《かぜ》流行《はや》ってるからなぁ……。花音《かのん》の学校は大丈夫なん？】

晴菜の家と私んちとは「徒歩十秒！」の距離にあり、物心ついたころからの親友だ。幼稚園、小学校と同じところに通い、いつもずっと一緒だった。けれど、今は別々の中学に通っている。私が中高一貫校を受験したからだ。

【うん、今のところ。うちの学校は色々と厳しくて感染予防も徹底してるからさ。とりあえず早く寝な】

晴菜からは変なネコがぺこぺこと頭を下げるスタンプが返ってきた。明日は二人でブックカバーを作るワークショップに参加する予定なのに大丈夫だろうか？　そもそも誘ってきたのは晴菜なのに……。とはいえ、病気ばかりは仕方がない。とりあえず私まで体調を崩してしまわないように早く寝ることにした。

結局、晴菜の熱は下がらず、病院での検査も陽性で【しばらくは自分の部屋から一歩も出られないことになりました……】とのＬＩＮＥがきた。

【まあ、仕方ない。今日のワークショップはキャンセルしようよ】

ベッドの中でスマホをイジりながら時計を見やると十時過ぎだった。

【うーん、当日キャンセルは講師の先生に迷惑をかけちゃうからなぁ……。私は仕方がないとして、花音は行ってきてよ。でもって、私の分も作ってきて、ブックカバー。文庫本サイズがいいな。柄は任せる。和モダンな感じにしてね。私の好み、花音なら分かるでしょう？】

「えーーっ」

思わず声が漏れた。するとドアの向こうから母さんの声が響いた。

「花音、起きてるならごはん食べちゃって。それに洗濯するからパジャマも脱いで」

「うーん」

曖昧な返事をして誤魔化す。できれば、もう一時間ぐらいは、こうやってベッドでゴロゴロしていたい。せっかくの土曜日なんだから。

【今日の場所って、どこだっけ？　てか、何時から？】

晴菜に任せっぱなしだったから、私は何も分かってない。

【えっ？　申し込みする時に教えたじゃん】

すぐに案内のリンク先が送られてきた。どうやら晴菜が入り浸っている古い文房具店の二階が会場のようだ。

【一時半からか……。マジでキャンセルしちゃだめ？　お金返ってこないんだっけ？】

参加費は申し込む時にキャッシュレス決済で支払っている。キャンセルは三日前までなら返金可と案内には書いてあるが、それ以降はどうやら返ってこないらしい。

【当日キャンセルだもん、ダメじゃん？　ね、だからさ、花音だけでも行ってきて。でもって私の分も作ってきて、頼む】

例の変なネコが手を合わせて拝むスタンプが送られてきた。

「ねえ、聞いてる？　いい加減に起きなさい」

「分かってるってば！」

家にいれば結局は母さんと喧嘩《けんか》になるだけだ。

【じゃあ行ってくるか……。知っての通り、あたし不器用だから、へたくそでも文句いわんとってね！　でもって悪趣味な柄にしちゃうかも、ぐふぐふ】

晴菜から今度はネコが「ありがとう～」と変なダンスを踊るスタンプが返ってきた。


何年ぶりかで訪れた文房具店は少しも変わっていなかった。店の前には今どき珍しい円筒形のポストがあり、柳の葉とのコントラストが思いのほか綺麗《きれい》だ。ピカピカに磨かれた正面のガラス扉には金文字で『四宝堂《しほうどう》』と書かれており、その辺りだけを見ると大正時代か昭和のはじめごろに迷い込んだみたいだ。一筋ほど向こうに行けば、真新しい高層ビルが建ちならんでいるというのに。

扉を押して店の中に入ると良い香りが私を迎えてくれた。香りといっても化粧品や香水とはちょっと雰囲気が違う。ふんわりと優しく体のすべてが包み込まれるような香りだ。

ワークショップ会場は二階のはずだけど……、と思いながらキョロキョロしていると「いらっしゃいませ」という声が奥から聞こえた。そして棚の陰から三十代半ばぐらいの男の人が現れた。

薄い青のシャツに紺色のネクタイ、グレーのパンツに黒い革靴といった制服みたいな格好をして、柔和《にゅうわ》な笑みを浮かべながら近づいてくる。

「いらっしゃいませ。何かお探しですか？」

「いえ。あの、ワークショップの参加者なんですけど……」

男の人はにこやかな表情のまま深く頷《うなず》いた。

「そうでしたか。では、ご案内します、こちらへどうぞ」

先に立って歩くと店の奥へと通してくれた。向かった先には階段があり、途中の踊り場を挟んで二階へと続いていた。

「こちらからお上がりください。二階の入り口で受付をしています」

そう説明すると、私の顔をちらっと見やり「失礼ですが……」と、少しばかり言い淀《よど》みながらも言葉を続けた。

「晴菜さんのお友だちの円谷《つぶらや》花音さんでしょうか？」

「ええ、はい」

私の返事に深く頷くと男の人はポケットから名刺を取り出した。

「四宝堂の店主をしております宝田《たからだ》　硯《けん》と申します。いつも晴菜さんにはご贔屓《ひいき》にしていただいております。先ほど花音さんとワークショップを楽しまれる予定だったのに、体調を崩してしまって参加できないとの連絡をいただきました。なんでも文庫本用のブックカバーを作る予定だったそうですが……。とても残念そうでした」

「はぁ」

確か四宝堂には職場体験でお世話になったと言ってたけれど、体調を崩して云々《うんぬん》などという事情まで話せるほどの仲とは思わなかった。

いや待てよ。良く考えれば、この硯さんとかいうおじさんのことを晴菜は最近よく口にする。あと、硯さんの他には、同じ中学のサッカー部にいる瑛太《えいた》とかいう男子のことも。

そもそも晴菜はアイドルとかスポーツ選手といった三次元の男性に全く興味がなかった。あるとしても中原中也だの宮沢賢治だのといった昔の詩人や小説家ばかり。だから、最初「けんさん」と言われた時は、ついに宮沢賢治のことを「賢さん」と呼び出したのかと思ったぐらいだ。

私の目の前に立つ硯さんと、実際にどの程度親しいのかは分からないけれど、あの大人しい晴菜が懐くだけのことはあって、穏やかな感じのおじさんだ。

「お気をつけてお上がりください」

白い手袋でもしたらホテルのドアマンに見えそうな身振りに促され、階段を上った。

途中の踊り場には小さな丸いテーブルと二脚の椅子があった。手すり越しに下の様子を窺《うかが》うと、店内を俯瞰《ふかん》することができた。そう言えば『四宝堂の階段には踊り場があって椅子が置いてあるの。そこに座ってぼんやりと窓の向こうに揺れる柳なんかを見つめていると、あっと言う間に時間が過ぎちゃう』ってなことも晴菜は呟《つぶや》いていた。

一瞬、私も椅子に腰をかけてみようかと思ったが、時計を確かめるとワークショップが始まるまで、あと十分ぐらいしかなかった。諦めて二階へと急ぐ。

二階にあがると大きな窓から柔らかな日が差し込んでいた。一階とほぼ同じ広さのはずなのに、商品をならべるための棚などがないからか、より広く見えた。

入り口側の隅には四畳半ほどの小上がりがあり、反対側の壁には床から天井まで引出しがびっしりと設《しつら》えてある。入り口とは対角線上の奥には、古い大きな机が置いてあり、それとは別に作業台のような机がロの字を描いて六台ほど置いてあった。

作業台には三脚ずつ椅子が置いてあり、すでに半分近くの席が埋まっている。

「こんにちは」

きょろきょろしている私に気が付いたようで、一人の女性が近づいてきた。年格好は母さんと同じぐらいに見えるけれど、銀座の老舗《しにせ》文房具店でワークショップを開くだけあって、垢抜《あかぬ》けていて綺麗な人だった。

麻のシャツに男物のようなパンツを合わせている。どちらもシンプルだけど、丁寧な造りであることが中学生の私にも分かる。きっと高い物だろうな。

パンツの上には腰回りだけを覆うような短めのエプロンをしていた。それも洗い晒《ざら》したデニムのような素材で格好良かった。

「あの、ワークショップの参加者なんですけど、こちらで合ってますか？」

「はい、合ってますよ。お名前を伺ってもいいかしら？」

「円谷です、円谷花音です」

「円谷さん、ああ、はい。お待ちしてました」

女性はエプロンのポケットから取り出した紙にペンで印をつけると深く頷いた。

「講師の大和田《おおわだ》です。よろしくお願いします」

おへその辺りで指先を揃《そろ》え、綺麗なお辞儀をした。優雅な身のこなしはキャビンアテンダントのようで、ゆっくりと聴き取りやすい声はアナウンサーみたいだ。

「硯さんから伺いましたけど、ご一緒される予定だったお友だちが体調を崩されて参加できないとか」

「はい、そうなんです。当日キャンセルは迷惑をかけるだろうから、代わりに作ってきてと頼まれました。なので、二つ作りたいんですけど、大丈夫ですか？」

「ええ、もちろん。とりあえず、最初はご自分のを作ってもらって、その後にお友だちの分を作りましょう。場合によっては私も手伝います。なんとかなりますから、とりあえず楽しんで参加してくださいね」

やさしそうな講師の先生で良かった。学校の先生や母さんみたいに厳しいことばかり言う人だったらどうしようかと思っていたけれど、大丈夫そうでほっとした。

「空いてる席に座ってください。定刻になりましたら始めます」

気が付けば私の後ろに二人ほどならんでいて、受付を待っていた。

会釈をして奥の方の席に腰を降ろした。他の参加者を見てみると、みんな私よりも年上で、どう見ても社会人か大学生といった人たちばかり。ほとんどが女性で一人だけ男の人がいたけれど、どうやら夫婦で参加しているようだった。

「みなさん、こんにちは。大変お待たせしました。それでは、これからブックカバー作りを始めたいと思います。ご一緒させていただく講師の大和田美幸《みゆき》と申します。よろしくお願いします」

参加者の何人かが拍手をし「美幸先生、よろしくお願いしまーす」と声をあげた。どうやらリピーターの受講生が何人かいるようだ。美幸先生は優しい表情で「はーい、頑張ります」と可愛《かわい》らしく応えた。

ワークショップはカバーの素材選びから始まった。続けて、作るサイズに合わせて用意された型紙を素材にあてて裁断し、アイロンで型をつけながら縫う作業を進める。ざっと言ってしまうとこんな流れなのだが、久しぶりの裁縫仕事はなかなか大変だった。

「で、できた……。ああ、疲れた」

やっとの思いでブックカバーをひとつ作り終えた。周りをみれば、もう誰もいない。他の参加者が使った道具類を片付けていた美幸先生が「お疲れ様でした」と近づいてきた。私が作ったものを手に取ると「うん、上手にできました」と褒めてくれた。

「すみません、時間がかかってしまって。不器用だと自覚してましたけど、これほど酷《ひど》いとは思いませんでした」

私は椅子から立ち上がると頭をさげた。

「そんな……、花音ちゃんは不器用なんかじゃないわ。だって、こんなに丁寧に仕上げることができるんだもの。どんなことも要領と言うかコツと言うか、そういうものをつかむまでには時間が必要だわ。最初はゆっくりとしかできなくて当たり前なの」

美幸先生の声はどこまでもやさしく、私の心に沁《し》みた。

ワークショップがはじまると、美幸先生は受講生一人ひとりの作業を丁寧に見て回り、要領がつかめていない人には手本を示すなど分かりやすい授業をしてくれた。特に私は不器用で、何度もフォローしてもらった。

最初のうちは「円谷さん」と呼んでいたが、途中から私が「花音でいいです」と言うと「じゃあ、花音ちゃんって呼ぶわね」と笑って応えてくれた。

美幸先生の優しい言葉は嬉《うれ》しいけれど、やっぱり情けなくなって溜《た》め息《いき》が零《こぼ》れた。

「でも、他の人たちは、もっと早く作業できてます。私だけこんなに時間がかかってしまって……。晴菜に頼まれた分を作るなんて無理ですね」

「あのね、早さを競ってる訳ではないのよ。手芸というのは作る過程を楽しむものだと私は思うの。だから、本来はゆっくりゆっくり工程のひとつひとつを味わいながら作るものなの。そう考えれば、今回のワークショップで一番ブックカバー作りを楽しんでいるのは花音ちゃんだと思うわ。お友だちの晴菜ちゃんだっけ？　彼女の分は、これから一緒に作りましょう」

「えっ？　いいんですか」

「だって、参加費をいただいてしまってるもの」

「でも、美幸先生の予定とか、会場の都合もありますよね……」

そこまで話した時だった。不意に後ろから声がかけられた。

「場所の問題は御心配なく。この後に予約は入っておりません。ゆっくりお使いいただいて大丈夫です」

大きなお盆を手にした硯さんが立っていた。

「ってことは、延長料金もなしってことでいいのね？」

「はい、もちろん。なんと申しましても、何年も前のことにはなりますが、この場所でワークショップを初めて開かれたのは美幸先生ですから。当店といたしましても特別待遇で応じねばなりません」

「大袈裟《おおげさ》ね。どうせ誰にでもそうやって優しいことを言ってるんでしょう？　でも、いつも余裕をもってスケジュールを組んでくれてるから、こちらも落ち着いて参加される方々のリクエストに応じることができるわ。ありがとう」

美幸先生のお辞儀は本当に綺麗。私もこんな所作が自然にできる女性になれるかな。

「ところで、よろしければお二人とも少し休憩をされてはいかがですか？　ちょうど出前が届きました」

美幸先生の顔がパッと明るくなった。

「えっ！　もしかして『ほゝづゑ』から？」

「はい、美幸先生がいらしていると聞きつけて良子《りょうこ》が届けてくれました。なんでも先日のお礼だそうです。本当は自分でサーブしたいと言ってましたが、店の方が忙しいようで、とんぼ返りしていきました。くれぐれもよろしく、だそうです」

「お礼だなんて、相変わらず律儀ね良子ちゃんは。大したことをした訳でもないのに。とりあえず帰りに『ほゝづゑ』によってみることにするわ」

「ぜひ、そうしてやってください。良子はもちろんですが、マスターも喜ぶと思います」

良子さんという名前も聞き覚えがある。硯さんと良い雰囲気の綺麗な女性だと晴菜が言ってたような。『もうね、仲が良いのに硯さんが煮え切らないというか鈍感というか……、見てて時々イライラする。でね、その良子さんがとっても優しいの。それでいてズバッと私の心を見抜くような鋭いことをポロッと言ったり。私にとって初めてできた従姉《いとこ》みたいな人なの。でも、良子さんも硯さんのこととなると意気地がなくて……。あの二人の仲はいつになったら進展するんだか』ってなことを話していた。

恋バナに興味を示さない晴菜にしては珍しく熱く語っていただけに、その良子さんとやらの顔を拝んでみたいと前々から思っていた。けれど、残念ながら今日は会えないようだ。

硯さんは小上がりにお盆を置くと、真っ白でぱりっとアイロンがかけられたクロスを取り出して手前にあった作業台に掛けた。続けてティーポットやカップ、砂糖壺《つぼ》やミルクピッチャー、さらにはおしぼりなどを次々とセットした。

さらに三段式のスタンドを取り出すと脚を広げ、下段から順に三つのプレートを載せクロスの真ん中にそっと移す。最後に真っ赤な薔薇《ばら》が活《い》けられた銀器の一輪挿しを静かに添えた。

「さあ、どうぞ。ちょうど紅茶も飲み頃のはずです」

「わぁ、すごい。立派なアフタヌーンティーだこと」

さっきまで、いかにも大人の講師といった落ち着いた雰囲気だった美幸先生が、一転してはしゃいでいる姿は可愛らしい。

硯さんが「どうぞ」と椅子をひくと美幸先生は素直に腰を降ろした。続けて硯さんは反対側に回り「さあ、花音さんもどうぞ」と手を差し伸べてくれた。

ぺこぺこと頭を下げながら恐縮して椅子に座った。

「花音ちゃん、男性にエスコートしてもらうときは落ち着いて堂々とするものよ。そんなに畏《かしこ》まらずに、頭を軽くさげて『ありがとう』とだけ声をかければいいの。あまり恐縮すると、せっかくエスコートしてくれた男性が威圧しているように見えてしまうわ。レディは周りの方々に気を配りつつ、不必要に遜《へりくだ》らない。もっと肩の力を抜いて自然体で楽しめばいいのよ」

そんなことを中学生に言われても無理だよ……、と思っていたら、それが顔に出てしまったのか、美幸先生と硯さんが噴き出した。

「ごめんなさい、そんなこと急に言われても困るわよね？　私もマナースクールで随分と冷汗をかいたから良く分かるわ。とにかく、細かいことは気にしないで楽しみましょう」

硯さんがカップに紅茶を注《つ》ぎながら深く頷いた。

「美幸先生のおっしゃる通りです。ここは文房具店の二階で他には誰もおりません。ご自宅と思われてゆっくりとおくつろぎください。緊張のあまり味も分からなかったなどということが良子の耳に入ったら大変なことになります。『なにやってんのよ！せっかくの料理が台無しじゃない』とこっぴどく叱られるのがオチです」

カップからは良い香りが立ち上ってきた。紅茶なんてティーバッグかペットボトルのものしか飲んだことがないけれど、目の前にあるそれは、私がまったく知らない別物のようだ。

もしかして、飲み方にも私が知らないマナーがあるのだろうか。そう思っていると美幸先生がカップの持ち手を摘《つ》まみ、すっと持ち上げた。なるほど！　ああやって飲めばいいんだと思って真似《まね》てみた。けれど、持ち手を摘まんでカップを持つのは意外と指の力が要る。

「難しかったら、マグカップを持つみたいに持ち手の輪の中に指を入れて持ってもいいわよ。不安だったら左手を添えてもいい。ああ、厳密にはマナー違反だけど……」

「そうなんですね？」

私は一生懸命に美幸先生を真似て指先で持ち手を摘まんでみた。ちょっとコツがいるけれど、人差し指と中指、それに親指をしっかり揃えると、ちゃんとバランスが取れることが分かった。

なんとか顔に近づけると、私には表現のしようがない豊かな香りに包まれた。鼻をくすぐる良い香りに誘われて、気が付けばカップに口を付けていた。

「！　……おいしい」

綻《ほころ》んだ私の顔に深く頷きながら美幸先生もカップに口を付けた。

「ああ、本当においしい。ほっとする」

硯さんがポットをクロスの上に置きながら柔らかな笑みを浮かべ深く頷いた。

「よかったです。今日はアッサムにしたと言ってました。ストレートも良いですが、ミルクを入れても美味《おい》しいかと。お好みでどうぞ。では、ごゆっくり」

優雅に一礼するとお盆を抱えて一階へと降りていった。

私はソーサーに戻したカップの持ち手を摘まみ直し、もうひと口飲んだ。さっきよりも力を入れなくても持ち上げることができた。コツがつかめたようで何とかなりそうだ。このコツをつかむ要領はお箸の持ち方を覚えるのと似ているかもしれない。

「上手ね。花音ちゃんは自分のことを不器用だと思ってるみたいだけど、むしろ器用な方だと思うな」

ちょっと恥ずかしくなって照れ笑いで誤魔化した。

「そんなことないです。母さんに『お行儀悪い！』って食事のたびに叱られてます。小学校にあがったころにお箸の持ち方やお椀《わん》の正しい持ち方を集中して仕込まれましたけど……。もう、ご飯を食べるのが嫌になるぐらいで。でも、まあ、お陰でお婆《ばあ》ちゃんたちから『若いのに食べ方が綺麗ね』って、時々褒められます」

美幸先生が感心したように深く頷いた。

「あのね、花音ちゃんのお母様は立派だと思う。小さなうちからマナーや行儀をしっかり躾《しつ》けることは、とても大事なの。もちろん、何歳になってからでも、身に付けたいと思ったときから始めれば良いことだけど、大きくなってから矯《た》めるのは本当に大変だもの」

「そんなものですかね……」

ちょっと驚いた。躾《しつけ》に厳しい母さんのことを褒められるとは思ってもみなかった。

「うん。さっきはマナー違反なんて気にしない、楽しめればそれでいいなんてことを言ってしまったけど、マナーや作法と呼ばれるものを正しく学んで身に付けておくことはとても大切なことよ。もちろん、知らない人を蔑んだり馬鹿にするなんてことは許されないけれど」

「そうなんですね」

美幸先生は静かにカップを置いた。

「お説教がましく聞こえるかもしれないけど、社会にでると品格が問われるの。英語では〝ｃｌａｓｓ〟って言うんだけど」

「クラス？　階級とか家柄とかって意味ですか」

「花音ちゃんは本当にしっかりしてるわね。中学生なのに、そんな意味まで知ってるだなんて。そうね、そういった意味合いもあるわ。実際にマナーや作法の多くは不文律で誰かに教えてもらわなければ学ぶことができないから。言葉使いや立ち居振る舞いから、どのような人たちと接してきたか判断されてしまうの」

紅茶を飲みながら聞いていると、まるで英国貴族にでもなった気分だ。

「ダウントン・アビーみたいですね」

「イギリスのドラマね、衣装や小道具なんかが豪華で見ていて楽しいわよね」

美幸先生も同じ番組を見てるだなんて、少しばかり嬉しくなった。

「イギリスをはじめとする欧米だけの話じゃないのよ、日本はもちろんアジアでも、どこでも、人間が暮らす社会において、残酷なまでに現実的な話なの。ほら、茶道とか華道とか、日本でも習い事の大半は先生について手取り足取り教えてもらうでしょう？　あれと一緒。もっとも、最近はテキストとかも充実していて、動画まであるみたいだけど」

「大概のものは、ＹｏｕＴｕｂｅで無料で見られますよ」

美幸先生は笑いながら「あれね！　あれは私みたいなワークショップ講師にとって商売敵ナンバーワンよ」と大袈裟に首を振った。

「知識に触れることは随分と簡単になったわ。それ自体はとても良いことだと思う。

学びたい人であれば、誰もが学べるという意味では。けれど、学んだことが身に付くか？　意識しなくてもできるか？　っていうのは、また別の次元のことね。特に食事のマナーや作法は、小さなころから身に付ける努力をし続けないと、いざって時にちゃんと振る舞えない」

「そんなものですか……」

「うん、きっと将来、お母様に感謝する時が来ると思う」

「はい」

私の返事に頷くと、美幸先生が努めて明るい口調に切り替えたのが分かった。

「さあ、食べましょう」

そう促すと、美幸先生は一番下のプレートからサンドイッチに手を伸ばした。

三段重ねのプレートに用意された料理はどれも本当に美味しくて驚いた。十一時過ぎに朝昼兼用でトーストと牛乳、それにフルーツヨーグルトを食べただけで、お腹《なか》が空《す》いていたから余計に美味しく感じたのかもしれない。

「おいしいですね、スコーンもこのクリームも。どちらも初めて食べました」

美幸先生はにっこりと笑いながら「そのクリームはクロテッドクリームと言うのよ」と教えてくれた。

「ここから歩いて五分ぐらいのところに『ほゝづゑ』っていう喫茶店があるの。そこのマスターが研究熱心で料理上手なのよ。スコーンはもちろん、クロテッドクリームも自家製なの。ちゃんと乳脂肪分が多い特別な牛乳を仕入れて作ってるそうよ」

「へぇ……」

「残ってるスコーンもどうぞ。食べ盛りだろうから遠慮しないで」

「ありがとうございます……」

返事をしながら、私は小学六年生の夏休みに母さんと二人でパンケーキを食べに行ったことを思い出していた。夏休みのほとんどを夏期講習で潰してしまい、旅行にも行けなかったからと、二人で映画を見て、帰りにパンケーキを食べた。

『食べてみたいって言ってたでしょう？　パンケーキ。ここ、有名なのよ』

暑い中、一時間もならんでやっと食べたパンケーキはとても美味しかった。パクパクと食べる私を見て、母さんは自分の皿の大半を私に譲ってくれた。

『いいの？　ほとんど食べてないじゃん？』

『うん、いいの。花音が美味しそうに食べてるのを見ている方が楽しいもの』

『ふーん。じゃあ、遠慮なくもーらおっと』

そのころ小柄な母と私の身長は同じぐらいだった。その日は母のお下がりのワンピースを着て出かけていて、食事の後に立ちよった洋服屋さんで店員さんからの『姉妹かと思いました』という見え透いたお世辞を母さんはとても喜んだ。

『そのうち身長を抜かされて、私が妹に見えたりして』

『えっ？　そんな訳、ないっしょ』

二人で手をつないで家まで帰ったっけな……。

ぼんやりと、そんなことを思っていると美幸先生が溜め息をついた。

「花音ちゃんはいいわね、穏やかだし、素直だし……。確か中学二年生だったわよね？　うちの子と同い年なのに、ぜんぜん違うわ」

慌てて首を振った。

「今日は思いっ切り猫をかぶってますから。普段の私はこんなんじゃありません」

美幸先生は意外そうな顔をした。

「えっ？　そうなの。とても、そんな風には見えないけど」

「……私も不思議なんです、なんで美幸先生とだと、こんなに自然に話ができるのか。先生のお子さんは、女の子ですか？」

「うん、女の子。『ともか』って名前。知るって字と、人偏に土を二つかさねた佳って字で『知佳』」

聞けば私の学校の近くにある大学付属の中学に通っていると言う。ちょっと変わったデザインの制服で、私も進学先として考えたところだった。

「知佳ちゃんとは、こうやってお茶したり、手芸を教えてあげたりしないんですか？」

美幸先生は小さく溜め息をつくと首を振った。

「ぜんぜん。話しかけても返事は『うん』とか『ああ』とか『分かってる』ばっかり……。何を考えているのか、何時も不機嫌で。あっちから近寄って来るのは『お金ちょうだい』って時ぐらいね」

思わず紅茶を噴き出しそうになった。

「私のことを言われてるみたい」

「えっ？　花音ちゃんもそうなの？」

ちょっと恥ずかしくなってカップを置くと頭を掻《か》いた。

「だって、母さんと話していると、だいたい途中から説教になるんだもの。『何を言ってるか分からない』とか『そんな話は聞いたことがない』とか。でもって、最後は『まだ子どもなのよ、あなたは』って感じで……。会話にならないんです」

今度は美幸先生が噴き出した。

「それこそ、私のことを言われてるみたい」

顔を見合わせて笑うと、美幸先生は私のカップに紅茶を注いでくれて、「こちらもどうぞ。『ほゝづゑ』のケーキは美味しいのよ」と勧めてくれた。

「ねえ、中学二年生の女の子って、どんなことを考えているの？」

私はチョコレートケーキにフォークを入れながら少し考えた。

「どんなことって言われてもなぁ。でも、美幸先生にも中学生だったころがある訳でしょう？　そのころのことを思い出してもらったら、いいだけなんだけど」

「うーん、痛いところを突かれたけど、あまりに昔のことで思い出せない」

「大人は都合の悪いことは直《す》ぐ忘れますよね？」

また顔を見合わせて笑ってしまった。

しばらく黙ってお茶を飲んでいたが、何時の間にか勝手に口が開いていた。

「……あの、多分だけど。きっと、知佳ちゃんなりに、色々と考えてると思います。考えてはいるけど上手《うま》く話せないって言うか……。大人に分かるように整理して話そうと思うと、どうしても時間がかかっちゃう。それなのに、一生懸命考えていると『どうなの？』とか『なんなの』とかってせっつくでしょう？　そうされると余計に混乱しちゃう。……で、だんだん話すのが面倒になって『うん』とかしか言わなくなってるんじゃないかな。って言うか、私はそうだから」

「……そうなんだ」

美幸先生の静かな返事に私は頷いた。

「分かってるんです、母さんが言ってること。理解できない訳じゃない。でも、上手く言えないけれど、なんか、こう、納得できないって言うか、そうなんだって、深く分かるところまで行かないっていうか……。きっと、母さんが言ってる通りなんだろうとは思うんだけど、自分なりにあれこれやってみて納得したい。だから、時間をちょうだいってことなんだけど」

「うん……」

美幸先生はハンカチを取り出すと、目元に当てていた。最初のうちは片手だったけど、そのうちに両手で顔を覆った。

小さく揺れる美幸先生の肩を見ているうちに、私の視界もぼやけてきた。


第一志望の合格発表の日、父さんは出張でいなかった。父さんは『結果が分かったら、すぐにＬＩＮＥしてくれよ。すぐに返事はできないかもしれないけど。五分おきぐらいにはスマホを見るようにするから』と言い置いて出かけて行った。

発表は午前十時にＷｅｂ上で行われる。平日で本当なら学校に行かなければならないけれど、自分の目で確かめたいからと特別に休ませてもらった。

九時ぐらいから家のパソコンをリビングのローテーブルの上に広げ、母さんとソファにならんで十時になるのを待っていた。

立ったり座ったり、テレビを点《つ》けたり消したり、新聞を広げたり畳んだりと、母さんはせわしなく動き回っていた。

『ねえ、落ち着いてよ』

私が溜め息と一緒に漏らした。

『そう、ね。でも、なんだか落ち着かなくて。ちょっと、トイレに行ってくる』

確か十分ぐらい前にも行ったはずだ。

ローテーブルにはパソコンと一緒に受験票と合否結果の開封パスワードが記されたメモが置いてあった。メモは母さんの手帳から千切ったもので、アルファベットの大文字と小文字がしっかりと書き分けられ、いかにも几帳面《きちょうめん》な母さんらしい字だった。

『はぁ……、まだ、九時四十五分か。あの時計、合ってるのかしら?』

壁にかけた時計を睨《にら》みながら母さんが零した。

『半年ぐらい前に買い替えたばかりじゃない。しかも遅れや進みを自動で直してくれる電波時計だって父さんが言ってたでしょう』

『うん、だけど……』

テレビを点けて時刻を確かめ『合ってるわねぇ』と溜め息をつく。

『母さんたら……、私の受験なのよ？』

『それは、分かってるけど』

ソファに座ると、じーっとパソコンを眺めたまま『あのね』と小さく呟いた。

『うん？』

『きっと、きっと受かってる、合格してる。だから安心しなさい』

母さんは自分に言い聞かせているようだった。

『うん、ありがとう』

『だって、花音はあんなに頑張ったんだもん。遊びたい盛りの小学四年生から塾に毎日通って。あんなに勉強した花音が合格しないはずがないわ。そうよ、大丈夫よ』

そう言って私の手を両手で包み込むと、ぎゅっと握りしめた。

『大丈夫、絶対に大丈夫。花音は私と父さんの娘だもの。だから安心なさい』

『……うん』

そんなことをしているうちに十時になり、パソコンの画面が【ただいま準備中です。しばらくお待ちください】から【受験番号とパスワードを入力してください】へと変わった。

『どうする？　花音が自分でやる？』

『う、うん。そうだね』

母さんに促されて私は入力セルに受験番号とパスワードを入力した。【結果確認】というボタンにカーソルを合わせたところで母さんが叫んだ。

『ちょっ、ちょっと待って！』

立ち上がると腕を広げて深呼吸し、ソファに座り直した。

『番号もパスワードも合ってるわね』

私は受験票とメモを手に取り、入力に間違いがないことを確認した。

『うん、ちゃんと合ってる。ああ、最後のクリックだけでも母さんが押す？』

私はマウスを差し出した。

『えっ、い、いや。いい、花音がやって』

『そう？』

『うん』

『じゃあ、押すよ』

母さんが頷くのを確認してマウスをクリックした。すると、リングカーソルがくるくると回った。ほんの数秒ほどだと思うが、とても長く感じた。

パッと画面が切り替わり【合格です。おめでとうございます】と表示された。

『……えっと、受かったね』

横を向くと母さんが目を見開き、口をあんぐりさせ画面に見入っていた。

『母さん、合格したよ』

黙ったまま、うんうんと頷くと母さんは私に向き直った。

『受かってる……、受かってるよ花音。受かってる、合格してる』

不意に私を抱きしめると肩に顔を埋《うず》めて泣き出した。

『受かった、受かった、花音が合格した。良かった、よかった……』

私も母さんの背中を抱きしめた。前はもっと大きな背中だと思っていたけれど、意外と小さくて驚いた。

『ありがとう。母さんのお陰だね』

耳元でそう囁《ささや》くと、母さんの嗚咽《おえつ》が止まらなくなった。

どれぐらい抱き合っていただろう。やっと泣き止《や》んだ母さんが手を放した。

『ごめん、つい興奮しちゃって』

目を真っ赤にはらした母さんが笑った。

『このパーカーお気に入りなんだけど？　母さんの涙と鼻水でびしょ濡《ぬ》れじゃん』

『だって、涙が勝手にでちゃうんだもん』

照れ臭そうに言い訳をすると、慌てたように立ち上がりスマホを取り出した。

『そうそう、父さんに電話しなきゃあ』

『えっ、仕事中かもしれないからＬＩＮＥにしてって言ってたよ』

慌てて止めようとしたけれど、母さんは聞こえていないようで電話に出た父に向かって大声で『受かった、受かったわよ！』と叫び、また泣き出した。

数日後、出張から戻ってきた父さんが『大切な会議中だったけど母さんからの電話だからでてしまったら、大きな声で泣き出すから慌てたよ』とぼやいていた。

あれから、もう二年近く経《た》つのかとぼんやり思った。


「素直な気持ちを聞かせてくれてありがとう。とても勉強になったわ」

美幸先生の声でふと我に返った。

「すみません、私の方こそ勝手なことばかり言って……」

「多分だけど、同じことを知佳の口から聞いてたら逆上してたかも。花音ちゃんだから冷静に耳を傾けることができたんだと思う」

私は小さく首を振った。

「私も美幸先生だから正直な気持ちを話せたのかもしれません。普段、母さんと話していると、途中から気持ちが抑えられなくなって、声が大きくなったり泣き出したり……。ちゃんと結論が出るところまで話し合ったことはありません」

「……そうなんだ、うちと一緒ね。知佳もよく泣き出しちゃって。でも、知佳の気持ちを知りたいから、知佳のことが心配だからつい口調がきつくなって……。って、そんなの言い訳よね」

美幸先生は溜め息をついた。

「あの、良かったらインスタかＬＩＮＥを教えてくれませんか？　これから何かあったら私に相談してください。知佳ちゃんの気持ちを代弁します」

美幸先生は「えっ？　私みたいなおばさんとつながってくれるの？」と驚いた。

「その代わりに、私の相談にものってください。母さんに何て言ったら分かってもらえるか、教えてください」

「もちろん！」

二人でスマホを操作していると、硯さんがお盆を抱えて戻ってきた。

「きれいに食べていただいて、良子も喜びます」

「ごちそうさまでした。本当に美味しかった」

美幸先生は席を立つと優雅なお辞儀をした。私も真似てゆっくりと頭をさげた。

「ほぉ、お茶をご一緒しただけで、花音さんもレディのような立ち居振る舞いになられるとは。驚きました、流石《さすが》はマナー講師としても著名な美幸先生ですね」

「とんでもない、私は何も……。きっとお母様の躾が行き届いてるのだと思います」

硯さんは作業台の上を片付けながらも感心したといった様子で何度も頷いた。

「なるほど躾ですか……。身を美しくと書いて躾ですからね」

硯さんの言葉に美幸先生が応えた。

「そうね。でも、教える側が厳しく指導するだけじゃあけっして躾は身に付かない。教える側と教えられる側との間に強い信頼がないと伝えられないし、伝わらない」

「確かに。きっと花音さんとお母様は強い信頼関係で結ばれているのですね」

二人の眼差《まなざ》しに、なんだか居心地が悪くなってきた。

「いや、どうだろう。小学生のころまでは、割と仲が良かったと思いますけど……」

「最近はそうでもないんですか？」

硯さんの問いに私と美幸先生は顔を見合わせて溜め息をついた。

「その話をお茶をしながらしてたところ。なんで、こんな風になっちゃったんだろうって。前は、もっと何でも話せてたのにって」

美幸先生の言葉を受けて硯さんは「花音さんもそうなのですか？」と尋ねた。

「うーん、どうだろう。よく考えたら小学生のころも中学受験で忙しくて、あんまりゆっくり話なんかできていなかったと思います」

私の返事に美幸先生は深く頷いた。

「確かに。うちの子も中学受験を経験したけれど、五年生、六年生の時は本当に忙しくて。平日はほぼすれ違い。朝、起こして学校に行くまでと夕飯の時の、合わせて一時間もあったかしら、顔を合わせて話をするのは」

「ひゃーっ、って、変な声が出てしまいました。小学生がですか？」

二人して頷くと硯さんは「ある意味で気の毒です。もちろん本人の希望で、そのような塾通いをしているのだとは思いますが……」と顔をしかめた。

「誰でも自分のために何かに集中する時期ってあるでしょう？　それが中学受験なのか、もっと齢《とし》を重ねてから、例えば大学受験とか社会人になってから何か資格を取るためなのかの違いなだけで……。だから、気の毒とか可哀想《かわいそう》っていう表現には違和感を覚えるわ」

美幸先生の論に硯さんは姿勢を正すと「失礼しました」と頭を下げた。

「そんな、畏まられると困るわ。あくまで私がそう感じるだけだから。硯さんが気の毒と思うのは自由だし、そういった意見が多いっていうのも事実だろうから」

二人が難しい話をしている横で、私は小学生のころのことをふり返っていた。

「今、思い出したんですけど……。顔を合わせて話ができない代わりに、母さんと連絡ノートを使ってやり取りしてました」

「連絡ノート？」

美幸先生が首を傾《かし》げた。

「うちではノートと呼んでましたけど、父が会社からもらってくる分厚い手帳というか日記帳というか……。B5ぐらいで、見開き一ページが一日分になっていて、左側が時間別にスケジュールが細かく書き込めるようになっていて右側は罫線《けいせん》が引いてあるメモ欄なんです。ビニール製の真っ黒なカバーが付いてるんですけど」

「ああ、実用手帳のデラックス版といった類のものですね。昔はあちこちの会社で工夫を凝らしたものを作っていたのです。社員に配布するのはもちろん、お得意先にも配ったりして。当店もひと頃は百社ぐらいから注文をいただいていた時代もあったようです。もっとも、何年も前からそのような会社は減ってしまいましたが。無理もありません、スマホアプリでスケジュールなどが手軽に管理できる時代ですから。それに、手帳などにこだわる方は、ご自身でお好みの物をご用意されるでしょうから。会社お仕着せの手帳の出番はほとんどないようです。ただ、それはそれで少し残念でして、商売に影響があることはもちろんですが、手帳に知恵を絞ったり、その会社ならではの特長が現れたりと、ユニークなものが失われてしまうのが惜しいのです」

寂しそうに首をふる硯さんに「無理もないわね」と美幸先生が応えた。

「もらっては来るのですが、父が使ってる様子はありませんでした。なので、捨ててしまうのはもったいないからと、母が私とのやり取りに使い始めたんです。本来の使い方を全く無視して、左側のスケジュール欄に母さんが私に伝えたいことを書いて、その返事や私が伝えたいことを右側に書くという使い方でした。確か……、塾に通い出した小学四年の春ごろからだったかな、始めたのは」

「へぇ、それ面白いわね。日付が最初から書いてあるってのがいいじゃない？」

「何月何日って書いてあるのは便利なんですけど……。『大安』とか『仏滅』とか書いてあって。たまに『一粒万倍日』とか『土用の丑《うし》の日』とか。他にも、『何々の日』みたいなことが書いてありました、例えば三月十七日は漫画週刊誌の日なんです。なんでも、その日に『週刊少年サンデー』と『週刊少年マガジン』が創刊したからだそうで」

「あら、そんなのもいいじゃない？　話の切っ掛けになるわ」

「まあ、大人にとってはアイスブレイクのネタになりますが、興味を示す小学生は珍しいでしょうね」

硯さんと美幸先生が顔を見合わせてしきりに頷いていた。大人には共感できる何かがあるのかもしれない。

「話しているうちにだんだん思い出してきましたけど、あのノートは楽しかったな。そのころ母は、私の塾代を稼ぐために近所の薬局にパートに出ていて、ああ、母は元々薬剤師で、私が生まれるまでは製薬会社で働いていたんです。なので、資格や経験を活《い》かせるところをパート先に選んだと言ってました」

美幸先生は「そうなの」と相槌《あいづち》を打ってくれた。

「私が学校から帰ってくるころは、ちょうどパートに出ていて家にいませんでした。代わりにダイニングテーブルの上に開いた状態でノートが置いてあって、その横におやつを用意してくれてました。手を洗って、うがいをして、おやつを食べながら母さんが書いてくれたノートを読むのが楽しみでした。だいたい、最初の数行は私の様子を気遣う内容で、後半は晩御飯の献立や塾に持っていかなければならない大事な手紙とかについて、忘れないようにねって書いてありました」

話をしているうちに、どんどんと思い出してきた。ノートに書かれた文面の最後は、いつも同じ内容で締めくくられていた。

『大好きな花音ちゃん、気を付けていってらっしゃい。あたたかな夕飯とお風呂を用意して待ってます。頑張ってね！』

いつもいつも同じ文章。あのころは「少しは変えてみたら？」って思っていたけれど、読むといつも嬉しくなってたっけ。

「花音ちゃん……、大丈夫？」

美幸先生の声で気が付いた。頬を触ると濡れていた。

「……うん」

何とか返事はしたけれど、涙が止まらなくなっていた。これまで忘れていたノートを介して母さんからかけてもらった言葉が次々と蘇《よみがえ》った。

『模試！　やったね！　流石は花音ちゃん！』

『昨日の面談では色々と厳しいことを言われちゃったけど……。先生も花音ちゃんのためを思ってあえて言ってくれたと思う。だから、大変だけど一緒に頑張ろう！』

『最近、元気がないみたいだけど大丈夫？　疲れたら、たまには休んでもいいよ』

『今日は二十九日！　毎月恒例になりつつある、〝ニク〟の日ということで、夕飯は花音の大好きなハンバーグにします！　楽しみにして帰ってきてね！』

『試験日まで、あと一ヶ月！　いよいよカウントダウンだね。緊張してきた？　でも、ほどよい緊張は集中力が高まっている証拠なんだって。だから安心して。花音なら絶対に大丈夫！』

　ポジティブなことを書こうとして、ちょっと無理してる感じになっちゃってたり、やたらと「！」が多かったり……、でも、言葉の端々に私への思いがあふれている。読んだときは何とも思わなかったのに、なぜか今、はっきりと思い出せる。

　確か、最後にやり取りしたのは試験前日だったはず。

『花音ちゃんへ。いよいよ明日は試験本番だね。小学四年から約三年間、本当によく頑張ったと思います。何か気のきいた言葉をかけてあげたいけど、なんと言ったら良いのか母さんには分かりません。ただ、あなたがずっと頑張っている姿を、そばでずっと見つめてきました。見守る以外になにもできなかったけど、ずっと見つめてきた母さんだから分かります、花音ちゃんは立派だってことが。だから、自信をもって明日を迎えてください。今晩は花音ちゃんの好きなシチューを作って待っています。気を付けて、最後の授業にいってらっしゃい』

　美幸先生にそっと肩を抱かれて椅子に座らされた。どこから取り出したのか、硯さんがボックスティッシュを目の前の作業台にそっと置いてくれた。

「あのノート、どこに行ったんだろう……」

私が零すと隣の椅子に腰かけながら美幸先生が答えてくれた。

「きっと、お母様が大切に仕舞われているはずよ。折に触れてごらんになって、花音ちゃんとの思い出を嚙《か》み締めているはず」

「不思議なことに母さんに書いてもらったことは、あれこれと覚えてるのに、自分が何を書いたのかは全く思い出せないんです。母さんはいつもスペース一杯に色々なことを書いてくれてたのに、私は面倒で『はーい』とか『了解！』って書くだけなんて日もありました。その癖、気分が乗ったらシールやマスキングテープでデコったり、カラフルな蛍光ペンで絵を描いたり……。小学生だったとはいえ、自分勝手すぎて、ちょっと恥ずかしくなってきた」

「それがいいんじゃない？　お母様としては花音ちゃんの気持ちの浮き沈みが心配な訳だから。ぱっと見ただけで、なんとなく様子が分かったはずだわ」

　硯さんが深く頷いた。

「そうですね。手書きした字には書いた人の気持ちが如実に表れます。嬉しい時は嬉しい気持ちが、悲しい時には悲しみが、怒っている時は字も荒々しくなります。お礼状やお詫《わ》びの手紙は手書きにするべきだと説く人がいらっしゃいますが、それはその通りだと思います。感謝の気持ちであれ、お詫びの気持ちであれ、その気持ちは文字を通して必ず伝わるはずです……。なので、お母様にとって手書きの返事を見ることは、花音さんの顔を見て話を聞いているのと同じぐらい、たくさんのことが分かったはずです」

「……いま気が付いたんだけど、最近、スマホ越しでしか知佳とコミュニケーションをとってなかったかも。硯さんの言う通り、テキストの文字だけじゃあ、書いてある以上のことは分からないわね」

「まあ、だからスタンプなどが充実するのだと思いますが。あれでテキストから零れ落ちるニュアンスを補おうとしているのでしょう」

心の中で「あっ」と思った。

「あの、私も美幸先生と一緒です。電車通学することもあって、何かあった時に連絡も取りやすいからと、入学祝いを兼ねてスマホを買ってもらったんですけど……。家族のグループLINEでやり取りできることもあって、連絡ノートは止めてしまいました」

「しかし、顔を合わせて話をされているのであれば問題ないかと思いますが？」

硯さんの返事に私は首を振った。

「私が中学に入ってから、母さんは正社員として働き始めました。なので、最近は朝早くに家をでて、帰りも遅かったりします。出張でいない時もあるし」

「うちも似たようなものね、ＬＩＮＥとかでそれぞれが伝えたいことを勝手に伝えて終わり。いつも一方通行……。それじゃあ、ダメよね」

美幸先生が深々と溜め息を零した。

「お二人とも気が付かれたのであれば、今から変えればよろしいのでは？　どのようなことも、気が付いた時に直しさえすれば、それでよろしいかと」

「今から？」

美幸先生の呟きに硯さんは深く頷いた。

「美幸先生、ブックカバーの材料は、まだあまってますか？」

「ええ、あと四つ、五つ作るぐらいなら。これから花音ちゃんのお友だちの分を作りますけど、それを差し引いても十分あまってます」

「であれば、文庫本サイズのブックカバーを、あと二つほど余計に作っていただけませんか？　晴菜さんの分と合わせると都合三つになりますが……。手慣れていらっしゃる美幸先生なら時間はさほどかからないと思うのですが」

「まあ、確かに同じサイズの物を作るのであれば二つでも三つでも大して時間はかからないけど。何に使うつもりなの？」

硯さんは食器を載せたお盆を抱えながら口元に柔和な笑みを浮かべた。

「それは後ほど。では、よろしくお願いしますね」

そう告げるなり、一礼をして一階へと降りていった。

「何かしら？」

「さぁ……」

顔を見合わせると美幸先生はニッコリと笑った。

「まあ、とりあえずやっちゃいましょう。お友だちの分の布地は、この市松模様の渋いのでいいのね？　じゃあ、残りの二つは万人受けしそうな無地にしましょうかね。こんなの、どうかしら？」

「うん、そうですね。いいと思います」

私が使っていた作業台に美幸先生が自分の椅子を近づけて、隣に座った。二人して窓の向こうを眺める格好で作業を続けた。

不器用な私でも、二回目となると要領が分かっているからか、意外とスムーズに作業は進んだ。初めてやった時はかなり苦戦した布地を裏返すところも、難なくクリアして、我ながら上手にできたなと思った。

けれど、やっぱり表紙を差し込む袋を縫う工程で、ちょっと不安になるところが出てきた。私の手が止まったのに気が付いて美幸先生が声をかけてくれた。

「うん、それで合ってるわよ。心配なら、一度、玉止めして、その隣から新しく縫い始めてもいいわ」

私の手から布地を受け取ると、様子をみて「うん、大丈夫。すごく上手」と褒めてくれた。

ちょうど窓から差し込んだ西日で美幸先生の顔がぼやけて見えた。ふと、前にも、こんなことがあったなと思い出した。

あれは小学五年の夏だった。あと数日で夏休みも終わるというのに私は自由課題を何もやってなかった。

『ねえ、どうしよう？　今から何かを調べてまとめるなんて時間はないし……』

『もう、なんでもっと早くに言ってくれないのよ』

母さんは呆《あき》れ顔だった。

『他の子は、どんなことをやってるの？』

『えーっと、晴菜はね、エプロンを作ったって言ってた。お祖母《ばあ》ちゃんの家に行った時に古いミシンがあって、それで作ったって。ってか、ほとんどお祖母ちゃんにやってもらったって言ってたけど』

『エプロン！　それは大作だなぁ……。ああ、でも裁縫とかでいいなら、うちにもミシンはあるから、何か簡単なものでも作る？　そうだな、体操着入れとか？』

『えーっ、使わないよね。だって、あるもん体操着入れなんて』

相談しておいて、酷い言い草だ。

『あっ、そうだ。母さんとの連絡ノートのカバーを作らない？　あの、真っ黒なオッサン臭いビニールのカバー、嫌なんだよね』

『ノートのカバーか……。まあ、いいけど。でも、あんなもの家の中でしか使わないんだから、別にカバーなんていらないと思うけど？』

『えーっ、だって可愛くないんだもん、あれ』

こうした私のワガママで、その晩は二人でノートのカバーを作った。

『なんか、私の宿題みたいになってるじゃない？　もっと花音も手伝いなさいよ。あれ？　変だぞ、そもそも私が手伝いのはずなのに』

『だって、私がやってたら「あぶないから、ちょっと貸しなさい！」って母さんが取り上げたんじゃない』

『そうだっけ？』

可笑《おか》しくなって二人して笑ってしまった。

完成するころには少しばかり遅くなって、お腹が空いたからとカップ麺の焼きそばを作って二人で半分こして食べたことを良く覚えている。

『あーっ、せっかく夏痩せして体重が少し減ったと思ったのに……。カップ焼きそばなんか食べちゃうから、ビールまで飲んじゃうじゃない』

『あっ！　私のせいにした。別に食べてくれなくてもいいよ、私が全部食べるから』

『ダメ！　ちょっと残しておいて。ビールに合うのよカップ焼きそば』

できたばかりのカバーをかけた連絡ノートをしげしげと見ながら母さんは缶ビールを美味しそうに飲んでいた。


「大丈夫？」

ブラインドを下げながら美幸先生が声をかけてくれた。気が付けば、また頬を濡らしていた。今日はどうしたんだろう？　慌ててハンカチを取り出して目元を拭った。

「ごめんなさい」

「ううん、いいのよ」

　私は深呼吸をして心を落ち着けた。

「あのね美幸先生」

「うん？」

「私、最近、母さんと向かい合ってばかりいた。前は横にならんで座って、同じ物を見つめていたはずなのに……。最近は対決するみたいに向かい合って座ってばかり。それじゃあ、ダメだよね」

　美幸先生が息を飲むのが分かった。

「確かにそうね……」

　静かに私の横に腰を降ろすと、美幸先生は布地を手に取り作業を始めた。黙々と作業をしているけれど、時々洟《はな》をすすったり、手の甲で目元を拭ったりしていた。

　何か言いたいけれど、何も言葉がでてこない。ただ黙ったまま私は布地に針を刺し続けた。

「お疲れ様でした。見事な出来栄えね。この調子なら私の助手として活躍してもらう日も遠くないわね」

お世辞なのは分かっているけれど、それでも嬉しかった。

二人で道具を片付けていると、硯さんがあがってきた。

「できましたでしょうか？」

美幸先生が作業台にならべ置いた三つのブックカバーを「ご覧あれ！」と言わんばかりに両手を広げて指し示した。

「ほぉ、このまま値札をつけて売り場にならべたら、あっと言う間に売れてしまいそうな出来栄えですね、素晴らしい。お二人とも、本当にお疲れ様でした」

硯さんが抱えているお盆には、急須と茶碗《ちゃわん》があった。

「ほうじ茶を淹《い》れました。どうぞ召し上がってください」

小上がりの土台部分から卓袱台《ちゃぶだい》と座布団を取り出すと、硯さんは畳の上に広げた。

二人して靴を脱いで座布団の上で膝を崩す。スカートをはいて来なくて良かった。

「ねえ、リクエスト通りに二つ余分に作ったけれど、これ、どうするの？」

差し出された茶碗の蓋をそっと外しながら美幸先生が硯さんに声をかけた。

「こんなものを見繕ってみました」

硯さんが卓袱台の上に小さなノートを二冊置いた。

「これは『ツバメノート』のＡ６判で、文庫本よりは少し小さめですが、だいたい同じ大きさになっています。これであれば持ち歩いても邪魔になりませんし、お作りいただいたブックカバーをかければ電車の中などで読んでいても違和感がないかと。花音さんはお母様と、美幸先生はお嬢様とこちらを連絡ノートとしてお使いになってはいかがでしょう?」

私たちは一冊ずつノートを手に取った。

表紙は薄い灰色の毛入りで、金文字で『NOTE BOOK』と記されている。

「すごいアイディアね、私には思いつかない。さすがは硯ちゃん」

「いや〜、照れますね」

いつも礼儀正しい姿勢を崩さない硯さんが照れ笑いをする姿は、ちょっと可愛いなと思った。

「ねえ、どうしましょう?」

「そう、ですね……。でも、何を書けばいいんだろう」

私と美幸先生は硯さんを見つめた。

「私からのご提案はここまでです。書く内容はどのようなものでも構わないと思います。美幸先生ならお嬢様への思いを、花音さんはお母様への思いを、素直にお書きになればよろしいかと。丁寧に書きさえすれば、きっと思いは伝わると思います。そして、最後に返事を欲しいとお願いすれば。さあ、もうお邪魔はいたしません。美幸先生は、あちらの机をお使いになられてはいかがですか？　花音さんは、そのまま卓袱台をお使いになっても構いませんし、作業台でもよろしいかと。もちろん、筆記用具はお貸しします。値札やＰＯＰを書くのに使っているものが、たくさんございますので」

硯さんは壁際に設えた引出しから道具箱のような物を取り出した。

「私は自分の万年筆があるから、それを使おうかしら」

「はい、その方がよろしいかと。何と申しましても、使い慣れたものに勝《まさ》る物はありません。花音さんは何かお持ちですか？」

リュックに生徒手帳と一緒にシャーペンを入れてはいるけれど、何か急にメモをしなければならない時に使うぐらいで、特に思い入れがある訳でもなかった。

「いえ、シャーペンは持ってますけど、そんなに使いやすい訳でもないので……」

そう言えば、晴菜が四宝堂で万年筆を買ったと言ってたのを思い出した。

「あの、使ったことがないんですけど、万年筆って書きやすいですか？」

「好みではありますが……。コツさえつかめば使いやすいと思います。鉛筆やボールペンのように紙に押しつけるようにして書くものに慣れていると、最初は違和感を覚えるかもしれませんが」

　そこまで答えると硯さんは道具箱の中から一本の万年筆を取り出した。

「よかったら試しにこちらをお使いください。パイロットのカクノという万年筆です。『はじめての万年筆が、愛着のあるペンになる』ようにとの思いを込めてシンプルで使いやすいデザインを心掛けたそうです。二〇二二年には、カラフルな透明軸に従来品にも記されているペン先の刻印「えがおのマーク」のバリエーションを増やしたファミリーシリーズを発売しています。こちらは『カクノガール』です。他にもパパ、ママ、ボーイ、ベビーなどがあります」

　硯さんが差し出してくれた万年筆は薄いピンクの透明軸だった。続けてポケットからメモ用紙を取り出すと、一枚を千切って卓袱台の上にそっと置いた。

「試し書きにどうぞ。キャップを外したら軸の後ろに被《かぶ》せるとバランスが良くなって、より書きやすくなると思います」

　言われるがままに準備を整え、紙の上においたペン先をすっと動かした。すると、軽く触れているだけなのに、しっかりとした線が追いかけてきた。

「ペン先は細字のFです。他にも中字のMもありますが、A6判のノートに書くのであればFが良いかと思います。インクはパイロット社純正のブルーブラックを入れてあります」

硯さんの説明を聞きながら、私は自分の名前を書いてみた。

「ありがとうございます。これを貸してください」

「はい、よろこんで。多分、インクは十分もつと思いますが、切れてしまったら一階におりますので声をかけてください。すぐにカートリッジを交換しますので」

ふと視線をあげると、美幸先生は奥の机の前に座っていた。ノートを広げ、背もたれに体を預けてぼんやりと窓の外を眺めている。手には愛用品だろうか、銀色の万年筆が握られている。

硯さんは静かに茶碗などをお盆に載せると、一礼をして降りて行った。その背中に黙礼をして私は座布団の上で姿勢を正した。

表紙と一枚目を順にめくり、最初の見開きページを用意した。一本だけピンクで引かれた最初の罫線の上に、今日の日付を書いた。

深呼吸をして一行目にペン先を付けた。すると、不思議なことに「母さん、いつもありがとう」と素直な気持ちを書くことができた。普段、顔を合わせたら絶対口にできない言葉なのに。

そこからのことは、あまりよく覚えていない。ただ、一心不乱に万年筆を走らせた。

それはまるでペン先に刻印された女の子のイラストに私の気持ちが乗り移ったかのように。長い睫毛《まつげ》に口角のあがった小さな口はやさしく微笑《ほほえ》んでいる。胸元に結んだリボンのシルエットはうちの制服によく似ている。

思えば母さんは本当によく頑張ってる。十数年ぶりに復帰した正社員の仕事は、相当に大変そうだ。けれど、どんなに忙しくても必ず私のお弁当を作ってくれる。夕飯も極力手作りのものを食べさせようと、週末にあれこれと下拵《したごしら》えをして、チルドや冷凍室のストックを切らしたことはない。

眠たいはずなのに、私よりも早く起きて温かな朝食を用意し、寝る前に洗濯をしたり、あれこれと後片付けをしたりしているようで、日付が変わる前にベッドに入ることなんてないに違いない。

どうしても外せない出張で家を空けるときは、すべての準備を整えて、ほとんど何も心配のいらない状態で出かけていく。それでいて、訪問先やホテルから「困ってない？」とか「大丈夫？」とか……。もう、私は中学生だよ！　と思うけれど、その気持ちがちょっと嬉しかったんだ。

やってもらえて当たり前と私が思い込んでいることを、こうやってあらためて数え上げてみると、とんでもなく面倒をかけていることに今さらながら気が付いた。きっと、母さんが急に入院することにでもなったら、私は途方に暮れてしまう。

気が付けば、ノートは見開きで四ページを超えていた。顔をあげると美幸先生も一生懸命に万年筆を走らせている。きっと、知佳ちゃんに気持ちを伝えようと頑張っているに違いない。

少しばかり窓の外を眺めて気持ちを落ち着けると、五ページ目を開いた。

『母さん、同じ言葉のくり返しになってしまうけど、
本当にいつもありがとう。
私がしっかりした子だったら、顔を見てちゃんと言えるんだけれど、
意気地のない私には、そんなことはできません。
でもね、そんな意気地なしの私だって中学生、
もっと信頼して欲しい、勉強のことや学校のこととか……。
本当は毎回ちゃんと相談すればいいんだけど、言いそびれることも多くて……。
でも、母さんや父さんを悲しませるようなことは絶対にしません、
だって、私は母さんや父さんのことが大好きだから。
だから、ほんの少しでいいから私を信用してください。

いつかきっと「自慢の娘です」と言ってもらえるようになるから。

それまでは、面倒をかけると思うけど、よろしくね。

勝手なことばかり、たくさん書いてごめんなさい。

でも、できたら、このノートに返事をください。

小学生のころに連絡ノートをしてたでしょう？　あれをもう一度したいから。

花音』

万年筆のキャップを閉めてノートを閉じると、ちょうど美幸先生が椅子から立ち上がるところだった。

「できた？」

私は黙って頷いた。美幸先生は小さく拍手をしてくれた。

「難しかったよね？　私も大変だった。よく最後まで書けたなって……。正直、なんで書けたのか分からない。多分だけど一人で始めてたら一晩経っても書き終えていなかったと思う。きっと花音ちゃんが一緒だったから書けたんだね。ありがとう」

美幸先生は優雅なお辞儀をしてくれた。私は慌てて座布団から降り頭を下げた。

「私の方こそありがとうございました。なんだか長い時間、美幸先生を独占しちゃった」

美幸先生は小さく笑いながら首を振った。

「とんでもないわ。それにしても、ちゃんと座布団を外すだなんて本当に躾が行き届いたお嬢さんね。ねえ、連絡ノート作戦が上手くいったら、花音ちゃんのお母様と、うちの知佳を交えて四人でお茶でもしない？　私、花音ちゃんのお母様に会ってみたい。きっと気が合うと思う」

「私も知佳ちゃんに会ってみたい。でもなぁ……、せっかく母さんに内緒の大人の知り合いができたのに……。会わせちゃうのは、ちょっともったいないかも」

「知り合いだなんて……、友だちって呼んで欲しいな」

「えっ！　そんな友だちだなんて」

「だめ？」

「だめじゃないですけど……」

私たちの話し声に気が付いたのか、硯さんがあがってきた。

「終わられたみたいですね」

私たちは深く頷いた。

「では、ブックカバーにセットしてください。せっかくですから、簡単ですがプレゼント用のラッピングを致します」

その手には千代紙のような柄の包装紙と何種類かのリボンがあった。

「でも、何て言って渡そうかな。母の日とか、クリスマスみたいにプレゼントを渡しやすい時期だったら良かったんだけど……。誕生日も近くないし」

「そうねぇ、どうしたものかしら」

硯さんを見やると、口元に笑みを浮かべていた。

「特別でない日なんて、一日だってありません。毎日が特別な日なのです。だから、贈り物はいつ渡してもおかしくなんてありません」

美幸先生は困ったといった様子で小さく首を傾げていた。きっと、私も似たような表情をしているに違いない。

「どうしても、直接手渡しするのが気恥ずかしいのであれば、一筆箋に『これ、受け取って』とでも走り書きして、机の上に置いておかれてはいかがですか？　幸いにも、当店オリジナル品のラインナップを見直したばかりです。可愛らしいデザインが多数ございまして、お薦めでございます」

「まあ、随分と商売熱心ね」

「恐れ入ります」

その慇懃《いんぎん》な受け答えに私は思わず声をあげて笑ってしまった。

「一筆箋はさておき、私、さっき貸してもらったものと同じ万年筆を買って帰ります。在庫って、ありますか？」

「はい、もちろんです。一階へどうぞ」

＊　＊　＊　＊　＊

「こんにちは」

四宝堂の店主、宝田 硯が催事売り場の入れ替えをしていると、その背中に声をかける人影があった。常連客の晴菜だ。

「ああ、晴菜さん、こんにちは。お体はもうよろしいのですか？」

先日、四宝堂の二階でブックカバーを作るワークショップが開かれた。読書も手芸も大好きな晴菜は友人の花音を誘って参加を申し込んだが、生憎《あいにく》と当日は流感に見舞われて出席することが叶《かな》わなかった。

「はい。でも、一週間近くも隔離されてトイレに行く以外は部屋から出してもらえなかったから、随分と体力が落ちちゃいました。一昨日《おととい》、久しぶりにバドミントン部の練習に参加したんですけど、ちょっと走っただけで息があがってしまって……、情けないです」

「まずは回復されてなによりです」

「そういえば、美幸先生のワークショップって、今度は何時開かれる予定ですか？　花音から話を聞きましたけど、私も美幸先生とお友だちになりたいなぁ。花音だけ大人の友だちができてズルいです。申し込んだのは私なのに」

晴菜のむくれた顔に硯が噴き出した。

「まあまあ、そう仰《おっしゃ》らずに。でも、今のところ予定はありません。美幸先生のワークショップは非常に人気がありまして、あちこちから声がかかっているようです。先生は『なるべく初めてのところを優先したいから』との意向でして……。年内にもう一度開いてもらえるかどうか……」

「そうですか……。でも、決まったらすぐに教えてくださいね。次は絶対に万全の体調で臨みますから」

「はい、かしこまりました」

硯の返事を確認すると、晴菜が「そう言えば」と鞄《かばん》からブックカバーを取り出した。

「あのブックカバーがかけられたノート、面白いですね。花音から聞きました。硯さんからのプレゼントだって。花音とっても喜んでて。ありがとうございました」

「いえいえ、ちょっとした思い付きです」

「最初、花音の推し本でもくれたのかと思って広げてみたらノートだったから、ちょっとびっくりしました。あんなサイズのノートがあるんですね」

硯は催事売り場の片付けを再開しながら頷いた。

「ええ、実は本当の文庫本と全く同じ材質で作られたノートもあるのですが……。書籍用の紙というのは、かなり薄いので普通のペンや鉛筆で書きますとインクが裏抜けしてしまったり、破けたりするのです。やはり、ある程度の斤量がある上質紙で作られたノートでないと使い勝手が悪いかと。それに綴じ方もノートは書き込みやすいように工夫されているのです。見栄えも大事ですが、なんと申しましても文房具は実用品ですからね」

「なるほど……。ああ、インクで思い出した。花音から『万年筆デビューした』って聞きました。早速、歩いて十秒の距離に住んでる私宛に手紙をくれました。なんでもインクに興味が出てきたとか。インクって凝り出すとキリがないって聞きますけど、大丈夫かな？　花音」

「ほぉ、それは初耳です。インクでしたら、当店で定期的に調合のワークショップが開かれております。よかったらお二人で参加されてはいかがですか？」

「えっ、本当ですか？　どうしようかなぁ……。二人してインク沼にはまったら、当分でてこられそうにないですよね？」

真剣に悩み始める晴菜に、硯の顔が綻んだ。

「まあ、ゆっくりとお考えください。定員にはまだ十分余裕がございます」

「そうします。あっ、でも最近あまり花音が捕まらないんですよね。この前も遊びに行こうって誘ったら、お母さんとお出かけの約束があるとかって断られちゃった。ひところは相当に険悪な雰囲気だったのに、仲直りしたみたい。まあ、もともと仲が良かったからな。それに、美幸先生のお嬢さんと友だちになったとかで、学校の帰りに待ち合わせて渋谷でお茶をしてるとか言ってました。なんか、私だけ銀座界隈《かいわい》の狭い世界に置いていかれてるみたいでつまらないです！」

硯は肩を竦《すく》めた。

「銀座は日本一の繁華街なんですよ。もう少し地元にプライドを持ってください」

「そうよ、渋谷でおしゃれなラテもいいけれど、銀座で飲む本格的な珈琲《コーヒー》も捨てた物じゃないわよ」

不意に声をかけられて二人がふり向いた。そこには近所の喫茶店『ほゝづゑ』から出前に訪れた看板娘・良子の姿があった。

「わー、良子さん。ねえ、聞いてくださいよ」

「はいはい、とりあえず腹ペコの店主に出前を届けたら一緒に『ほゝづゑ』に帰りましょう。今日はね、マスターが新作のお菓子の試食会をやってるの。若い女の子の意見も聞きたいだろうから歓迎してくれるはずよ」

「わーい。じゃあ、はやく配達を終えて行きましょう」

「やれやれ……」

店主のぼやき声は二人のかしましい声にかき消されてしまったようだ。銀座の文房具店『四宝堂』の店内は、今日も賑《にぎ》やかな空気に満たされていた。

# シール

「ねえ、瞳《ひとみ》、瞳ってば」

一瞬、誰を呼んでいるのか分からず反応が遅れてしまった。ここのところ名前で呼ばれることは滅多《めった》にない。幼稚園やママ友の間ではもっぱら「とも君ママ」だ。

「えっ、ああ、ごめん。なに？」

「もう変なの。ねえ、本当に帰っちゃうの？」

「うん、ごめんね。友哉《ともや》が待ってるから」

嘘《うそ》だ。友哉は泊まりがけで実家に預けており、明日の夕方まで帰ってこない。ただ、私がみんなと一緒にいるのが辛《つら》くなっただけだ。

「そう？　まあ、お酒も飲めないからね。じゃあ、また連絡する。そうそう、二人目が生まれたらすぐに写真送ってよ！　私、赤ちゃん大好きなの。友哉君も抱っこさせてもらったし、絶対に二人目も抱っこする。でも、本当に早いわね、あんなちっこかった友哉君が来月には小学校にあがるだなんて」

「ひとんちの子どもはすぐに大きくなるって言うもんね」

「でも、本当に可愛《かわい》いよね友哉君。さすがは瞳の子って感じ。まあ、旦那様も男前だから当たり前か。あれは将来、女を泣かすと見た」

みんな好き勝手なことを言っている。私は曖昧な表情で「じゃあ、またね」と手を振って披露宴会場を後にした。

お日柄が良いようで、ロビーは大勢の着物や礼服姿の客で賑《にぎ》わっていた。その人たちを縫うようにして通りにでると、少しほっとしたのか溜《た》め息《いき》が零《こぼ》れた。

久しぶりに会った学生時代の友人たちは、きらきらと輝いて見えた。みんな仕事もプライベートも充実しているようで、言動に自信が漲《みなぎ》っている。自分の稼ぎで美容やお洒落《しゃれ》にたっぷりとお金を注《つ》ぎ込み、身に着けているアクセサリーや時計も高級ブランドばかり。近所の美容院でカラーとカットを間に合わせ程度にしてもらい、独身時代に買った時代遅れなものを纏《まと》った私とは大違いだ。

披露宴中は、『最近の若い子はすぐに仕事を放りだす』と職場の愚痴で盛り上がっているみんなをぼんやり眺めながらフランス料理を黙々と食べ続けた。シャンパンに白、赤とかなり値の張るワインが次々振る舞われたが、私はお腹《なか》の子を酔っぱらわせる訳にはいかないので、ジンジャーエールや炭酸水で我慢した。

外で働くのも大変だとは思うけれど、家事や子育てに追われる日々は本当に忙しく、毎年があっと言う間に過ぎてしまう。来月には友哉が小学校に入学し、夏には二人目が生まれる予定だが、このままでは気が付いたら四十歳、いや五十歳なんてことになってしまう。

結婚当初は仕事を続けていたけれど、不器用な私が仕事と家事、さらには子育てまでを同時にこなせるとは思えず妊娠を機に退職した。夫とは何度も話し合い、最終的には自分で決めて専業主婦の生活を選んだけれど、最近は無力感に囚《とら》われている。ちょうど夫が管理職にあがったばかりで仕事が忙しかったこともあり、ここ数年はまるで家政婦とベビーシッターを兼ねたような毎日だ。

今日も本当なら子どもは夫に預けるつもりだったけれど『どうしても外せない接待が入ったから』と逃げられてしまった。なんでも箱根でゴルフをし、その後、高級旅館で宴会だとか……。まったく、昭和か！　と突っ込みたくなったけれど、ぐっと我慢して飲み込んだ。

幸いなことに、車で一時間ほどの距離にある実家が子どもを泊まりで預かってくれると言う。しかも、父が車で送迎までして。あれこれと口うるさい父と母だが、こういう時は助かるから文句も言えない。一人で泊まりに行くことを嫌がるかと思ったが、意外にも友哉は『ヤッター』と大喜びし、嬉々《きき》として持って行くおもちゃを選んでいた。自分を甘やかしてくれるジジ・ババであることを良く分かっているようだ。

空を見上げれば雲ひとつない日本晴れ、視線を下げれば柳の葉が風にそよそよと揺れている。さて、これからどうしよう。そんなことを考えた瞬間だった、不意にお腹の子がぽこんと私を蹴った。「ああ、はいはい。ちょっと母さん食べ過ぎたかな？狭くなった？」独り言を零しながらスマホを取り出した。

画面をタップすると母からＬＩＮＥが来ていた。開いてみるとジジ・ババにすっかり甘えまくっている友哉の写真が届いていた。

【今日のお昼は友ちゃんのリクエストで回転寿司《ずし》にしました。いくら、中とろ、甘海老《あまえび》、ウニが好きだとか。さらにジジが薦めたアジやしめサバも食べました。あら汁も気に入ったみたいで大満足！　って感じです】

画面の中の満面の笑みに、ほっとしつつ「そんなにがっつかれたら、まるで私が何も食べさせてないみたいじゃない」と独り言が零れた。

スマホのカバーを閉じようとして、内ポケットから二枚の紙切れが顔を覗《のぞ》かせているのに気が付いた。そう言えば、昨晩、夫から頼みごとをされたのだった。

『ねえ、明日の披露宴ってホテルは銀座だったよね？』

『うん、そうだけど』

久しぶりにクローゼットから出した洋服にスチームアイロンを当てていると、ふと思い出したといった様子で夫が何かを取り出した。

『なら悪いんだけど、帰りにでもこれを受け取りに行ってもらえない？　この前、店から取りに来て欲しいって電話があったんだ』

差し出されたものは手書きの注文書だった。

『えっ？　そんなの自分で行ってよ。取り寄せで注文をするぐらいなんだから会社の近くなんでしょう？』

私も夫と同じ会社に勤めていたのだが、私が退職して間もなく浜松町から銀座に移転したのだ。なので、私は新しいオフィスには行ったことがない。

『うん、まあ、そうなんだけど。最近、会議や商談が立て込んでいて、お店が営業してる時間になかなか行けないんだ。そうそう、これもあげるから使ってよ。その文房具店の近所にある喫茶店なんだけど、もうじき有効期限が切れちゃうから。年末に福引きで当てたんだけど、すっかり使いそびれてるんだ』

注文書とは別にもう一枚紙切れを差し出した。それには「喫茶ほゝづゑ・ケーキ＆ドリンクセット」と書いてあった。どうやら無料サービスのチケットのようだ。

『「ほゝづゑ」っていう喫茶店なんだけど、飲み物はもちろん、サンドイッチやナポリタン、ケーキも美味《おい》しいんだ。居心地も良くて、本当は自分で行きたいぐらいなんだけど、そんな暇がなくて……。絶対にお薦めだから行ってみなよ』

『うーん……』

良く考えれば話が文房具店に品物を取りに行くことからすり替わっているのだが、私は甘いものに目がない。

仕方なく、二枚の紙を受け取った。

『ねえ、この注文書で頼んだものってなに？　あんまり大きなものとか重たいものは無理だからね。ただでさえ結婚披露宴って引き出物とか荷物が多くなるんだから』

『大丈夫大丈夫、そんなにかさ張るものじゃないと思うよ。そんなものだったら事務所か家に届くようにするはずだから』

幸いなことに引き出物はカタログギフトのようで、渡されたのは専用ホームページにつながるQRコードと注文用のIDやパスワードが記された案内だけ。本当に便利な世の中になったものだ。私がまだ小学生だったころ、親戚の披露宴に呼ばれて家族で出かけたことがあった。その時は大きな紙袋をたくさん渡されたことを覚えている。家に帰って開けてみると、マグカップのセットに丸ごとワンホールのバウムクーヘン、尾頭付きの鯛《たい》、それに赤飯が出てきた。

なので家を出た時から特に荷物は増えていない。けれど、文房具店で受け取るものが大きかったら、それを持って喫茶店に入るのは面倒だ。やはりまずは喫茶店に行って、帰りに文房具店に寄ることにしよう。私はチケットに記された住所を地図アプリに打ち込んだ。

スマホの教えに従って歩き始める。銀座には何度も来たことがあるけれど、友哉を産んでからは初めてであることに気が付いて愕然《がくぜん》とした。道理で見たことのないお店が増えてる訳だ。アプリがなかったら迷子になっていたかもしれない。

しばらく歩いているうちに不思議と少しばかり違和感を覚えた。なぜだろう？　ああ、そうか、友哉の手を引いてないからだ。好奇心旺盛で気になるものがあったら、それに向かって急に全速力で走り出すあの子が心配で、出かける時は何時《いつ》も手をつないでいる。そうか、今日はそんな心配をせずに自分のペースで歩いてるんだ……。本来なら喜ぶべきことなのだろうが、なぜだか、ちょっぴり寂しいと思っている自分に気が付いた。「ダメダメ、貴重な一人の時間なのに。もっと楽しまなきゃ」そう思い直してショーウィンドウに目を向けた。

ディスプレーされた服や鞄《かばん》は、どれもお洒落なうえに品があり、さすがは銀座だと感心した。けれど添えられたプレートに示された金額はどれも六桁以上で、私の手が届くものは一つもない。溜め息が思わず零れたところスマホが左に曲がって路地に入るようにと教えてくれた。

その路地を少しばかり進むとお目当ての『ほゝづゑ』があった。こんな所にこんなお店がよく残っていたなと思うような、ビルの谷間に埋もれそうなほど背の低い店だった。木枠のドアには最近あまり見かけなくなった、石垣のような模様が施されたプレスガラスが納められ、その真ん中に白いペンキで『ほゝづゑ』と筆書きしてあった。

ドアを開けると、やわらかで良い匂いが出迎えてくれた。何と表現したら良いのか分からないけれど、美味しいものがたくさんあること間違いなしといった匂いだ。もう随分前に亡くなってしまったけれど、伯母さん家の匂いに似ている。料理やお菓子作りが趣味で、『また作り過ぎちゃって。悪いんだけど、もらってちょうだい』と何時もお裾分けをしてくれた。

受け取りに行くと『まあまあ、瞳ちゃんが来てくれたの。準備はしてあるけど、ちょっとお茶でもしていって』と引き留められ、そのまま夕飯までいただいてしまうこともあった。ここ『ほゝづゑ』は、そんな居心地の良さそうな匂いがする。

「いらっしゃいませ」

奥から白いシャツにボウタイを締め、黒のベストと共生地のタイトスカートを身に着けた女性が声をかけてくれた。腰にはよくアイロンがかけられた真っ白なエプロンをつけており、清潔感が漂っている。

私は軽く頷《うなず》くと辺りを見回した。店内は八割ほどの席が埋まり、大勢のお客さんで賑わっている。時計の針は三時を過ぎたばかりで、午後の休憩をとる人たちで賑わう時間帯なのかもしれない。

カウンターの中程に空いていた席があったのでそちらに向かおうとすると、先ほどの店員さんが声をかけてくれた。

「あの、よろしければ奥のテーブル席へどうぞ」

遠目でも綺麗《きれい》な人だなと思ったけれど、近くで見て驚いた。きっと彼女を目当てに通うお客さんも多いに違いない。ショートカットで化粧も薄《うっす》ら控え目だけれど、それが余計に美しさを際立たせている。

「えっ？　あの、ひとりですけど……」

「大丈夫ですよ、お気遣いなく。さあ、奥の席へご案内します」

申し訳ないなと思いながらも、スツールはちょっと辛いかな？　と心配だったので、とてもありがたかった。

通された席は窓に面しながらも西日に晒《さら》されることがなく、またエアコンの風などが直接あたらない席だった。店内を見渡すことができ、テーブルと椅子はゆったりと配置されている。これならゆっくりできそうだ。

「ありがとうございます」

腰を落ち着けた私が頭をさげると「とんでもない。今、お冷とおしぼりをお持ちしますね」と応えると一礼して離れていった。途中、常連と思《おぼ》しき客から「良子《りょうこ》ちゃん、今日のパイ美味しかったわ。お土産《みやげ》に四つほど包んでちょうだい」と頼まれていた。どうやら、あの店員さんは良子さんと言うらしい。

窓の外を眺めると大勢の人が行き来している。随分と外国からのお客さんが増えたなと思っていると、テーブルにそっとお冷とおしぼりが置かれた。

「あらためまして、いらっしゃいませ。メニューはそちらにございます。あと、本日限定の品はあちらの黒板に。お決まりになりましたらお声がけください」

　私は小さく頷きながら夫にもらったチケットを出した。

「あの……、これって使えますか？」

　良子さんは私が差し出したチケットを見つめてニッコリと笑った。

「はい、もちろんです。少々お待ちくださいね」

　そう応えると一旦カウンター近くの冷蔵ショーケースに戻り、銀色の盆を抱えて帰ってきた。お盆には何種類かのケーキが載せられている。

「本日ご用意しているケーキはこちらの七種類です。お客様からご覧になって右側からモンブラン、ショートケーキ、ガトーショコラ、フルーツタルト、エクレア、チーズケーキ、それに季節限定の苺《いちご》のパイです」

「うわー」

　ケーキは多くの店で定番として扱われているものばかりで、特に変わったものがある訳ではない。ちょっと珍しいとすれば苺のパイぐらいだろうか。けれど、どれもありふれたケーキのはずなのに、丁寧に作られているのが一目で分かり、とても美味しそうだ。きっと独身時代なら「夕飯は食べない！　あと、一駅分歩いて帰る」と自分に言い訳して三つ、四つ選んでしまったに違いない。

「これらとは別に今日はプリンもありますので、特別にプリンアラモードもそちらのチケットでご注文いただけます。お飲み物はメニューにあるものでしたらなんでも」

良子さんはお盆を机に置くと、メニューを手に取り飲み物の頁《ページ》を開いた。

ケーキは七つとも美味しそうだけれど、プリンアラモードは捨てがたい。

「じゃ、じゃあ、プリンアラモードをお願いします。飲み物は黒豆茶で」

本当は珈琲《コーヒー》が良いけれど、カフェインはお腹の子には刺激が強い。驚いたことにメニューには、「カフェインレス」のコーナーがあり、玉蜀黍《とうもろこし》茶、小豆《あずき》茶、黒豆茶、麦茶、ルイボスティー、カモミールティー、レモングラスティーと種類も豊富だった。

「はい、かしこまりました」

良子さんは美しい笑顔で応えると見本を載せたお盆を手に戻って行った。

温かなおしぼりで手を拭い、お冷を口にした。ほんのりとレモン味で少しばかり歩いて渇いていた喉に心地よい。そう言えば、歩き始める前後はお腹の子が動いていたけれど、今はおとなしい。寝ちゃったのかな？

コップを置くと頬杖《ほおづえ》をついてぼんやりと窓の外を眺めた。道行く人たちは誰も彼もが楽しそうだ。つないだ手を小さく振りながら笑顔で通り過ぎるカップル。これから大事なデートだろうか？　花束を抱えて緊張した面持ちの若い男性。大きな紙袋を両手に提げ満足そうな女性。あの人はきっと狙っていた品物を買えたに違いない。

ふと気がつくと涙が一筋零れていた。その落涙には自分でも驚いた。慌ててハンカチを取り出し、そっと目元を押さえた。

夫の力也《りきや》は会社の一年後輩で、地方の営業所から私のいる本社へと異動してきた。高校、大学とラグビーの名門校で活躍したスター選手だったそうだが、スポーツ音痴の私にはその凄《すご》さとやらがさっぱり分からない。体育会系なだけあって時代錯誤なぐらいバリバリ働き、後輩たちの面倒見も良いけれど、ちょっと強引で調子のよいところが私はどうにも苦手だった。

そもそも、出会いからして最悪だった。

『佐倉《さくら》さんて目力凄いっすね。さすがは瞳って名前だけのことはある』

初対面で告げられた言葉がこれだ。本人はいたって真面目《まじめ》に褒めているつもりのようだが、大きな目は私のコンプレックスで、触れられたくなかった。時々、一重の子に「いいですねぇ……」と感心されたりするのだが、顔というものはバランスが大事な訳で、目だけ注目されてもなと思う。

『布川《ふかわ》君、人の外見をイジるのは今どきダメよ。それに初めて会った人との距離感をもう少し考えて発言しないと。よくそれで営業が務まったわね』

『はぁ……、そうですか、難しいですね。でも、なんか、すみません』

申し訳なさそうに頭を下げると力也は私が注意したことをメモしているようだった。

『何を書いてるの？　わざわざメモするようなことを言ってないと思うけど』

『いや、その、自分は頭が悪いんで、何でも書いておかないと忘れてしまいそうで。それに、東京へ転勤することになった記念に高い万年筆を奮発したんです。それを使いたくて、何でもメモしてるんです』

力也は自慢の玩具《おもちゃ》を披露する子どものような顔で手にしていた万年筆を差し出した。

『へぇ、格好いいって言うか、綺麗ね』

『パーカーの「ソネット　プレミアム　シズレGT」っていう十八金のペン先がついたものなんです』

シルバーのボディには細かな方眼が刻まれていて滑りにくく持ちやすそうだ。キャップのクリップやリングは金色で、ボディとのコンビネーションが美しい。金と銀の組み合わせなんてバランスが少し崩れただけで悪趣味になりそうだが、まったく嫌味がなく品が良い。クリップは矢を模したデザインで洗練されている。

『なので何を書いてるのかは気にしないでください』

『え！　話をすり替えたな？　ちょっと見せなさい』

そんなやり取りの様子をたまたま課長が見ていたらしく、仲が良いと勘違いしたようで私が力也の教育係に指名されてしまった。散々抵抗したけれど、課長には笑って聞き流されてしまった。以来、力也は何かにつけて私に相談をし、会議や打合せの場に付いてくるようになった。

力也が来てから数ヶ月が過ぎたある日、東海地区を統括する中部支店から急遽《きゅうきょ》打合せをして欲しいと連絡があった。なんでも私が担当し、再来週《さ》から展開する予定のキャンペーンについて要望があると言う。どうしても、話だけでも聞いて欲しいということだったのでテレビ会議をセッティングしてみたら、向こうは支店ナンバー2の次長がでてきた。

端的に言うと支店側の要望は、キャンペーンの景品に取引先が製造している名古屋銘菓を追加して欲しいというものだった。

スケジュールを考えたら受け入れ難《がた》いけれど、大規模支店の次長が相手では、とてもではないけれど一介の担当である私に反論なんてできなかった。とりあえず黙ってメモをとるのが精一杯だ。

『持ち帰って部内に報告し、検討してからお返事します。なので、少し時間をください』

そんなお願いをして打合せを早々に終わらせた。隣で黙って様子を見ていた力也は少しばかり不満そうだった。

『佐倉先輩、なんで持ち帰りになんてしたんですか？　どう考えても、このタイミングで景品の追加なんて無理です。それに、あんなワガママ聞いてしまったら収拾がつかなくなると思います。どうせ断ることになるんですから、あの場で「無理です」ってハッキリ言った方が良かったんじゃないですか？』

テレビ会議用のマイクを片付けながら力也は首を傾《かし》げた。

『向こうは次長が出て来てるのよ、理不尽な話だとしても門前払いみたいな断り方はできないわ。相手の面子《メンツ》を潰してしまったら余計にややこしくなる。とりあえず要望を最大限に聞き入れて、できる限りの調整をしてみたけれど、やっぱり無理だったって感じにしないと。企画部門なんて何の権限もないんだから。「そこまでしたんなら仕方がねぇな」って現場に思ってもらえるようにすることが大切なの』

『ふーん、そんなもんですか……、大人って難しいですね』

『何を言ってるの、布川君だって十分大人でしょう？　少しは考えないと。こっちの面子なんてどうでもいいの。土下座しろって言うなら私は土下座でもなんでもする』

『あっ、それは違うと思います。佐倉先輩は土下座なんてしたらダメです。それは相手に間違った学習をさせることになります。もちろん、言い方は考えないとダメでしょうけど。成果のために手段を選ばないのは長い目で見て良いことではありません』

そうきっぱりと言い切る力也を私は少し見直した。部長や課長といった役職の付いていない平社員が現場を動かすのは結構難しい。なので若いスタッフの多くは目の前の仕事を回すべく卑屈なぐらい現場に迎合した態度をとったりする。

けれど、それが続くと力也が言ったように統制が利かなくなる。なので、言うべきことはしっかりと主張し、妥協するべきところは妥協するといった峻別《しゅんべつ》が大切なのだが、それがことのほか難しい。実際に私もいまだに上手にできない。どちらかと言うと長い物には巻かれろとばかりに流されることが多い。

『厳しいことは課長や部長に言ってもらえばいいの。私たちが現場と喧嘩《けんか》しちゃったら仕事が前に進まなくなるわ』

『そうかなぁ……。むしろ若い僕らがガンガン遠慮せずにやり合って、トコトン議論したものを最終的に偉い人たちが判断すればいいと思うけどな。だって、実務を熟知しているのは僕たちみたいな若手じゃないですか？　絶対に僕らの方が効果的なアイディアを出せるはずです。とにかく、もっと本気でぶつからないと、そのうち誰からも相手にされなくなりますよ』

力也が言ってることは正しい。正しいけれど、それを実際にやるのは大変。きっと、そんな気持ちが表情に出たのだろう。不意に力也が弱ったといった顔をした。

『あの……、僕、佐倉先輩を困らせちゃってますか？』

『うん？　ああ、いや。布川君が言ってることは正しいと思う。けど、私には無理かな……。でも、布川君はやりたいようにやればいいよ、私なんかに遠慮せずにね』

『いや、それは、ダメです。だって僕が面倒を起こしたら、指導役の佐倉先輩が叱られるでしょうから。でも、まあ、佐倉先輩の考えは分かりました』

その日、力也は定時になると『お先に失礼します』と帰ってしまった。普段なら『何か手伝うことはありませんか？』や『頼まれた仕事は終わりましたけど、他に何か僕にできることはありませんか？』としつこいぐらいに尋ねてきて、私が帰ろうとするまで居残っていることが多い。

今日はデートだろうか？　まあ、奴《やつ》はモテそうだからな……。そんなことをぼんやり思いながら大きな背中を見送った。

次の朝、出社してみると力也は昨日と全く同じ格好をしていた。シャツはよれよれ、ズボンは皺《しわ》くちゃ、髭《ひげ》も剃《そ》っていないようだ。

『おはようございます』

『おはよう。あのね、朝帰りかもしれないけど、せめてシャツの替えぐらい用意をしてから遊びに行くようにしなさいね』

私が嫌味を言いながら席に着くと、力也がニヤリと笑った。

『佐倉先輩、昨日の件、裏を取って来ましたよ』

『えっ？』

なんでも会社を出てすぐに新幹線に飛び乗り、名古屋で同期や後輩を呼び出して話を聞いたそうだ。その後、深夜バスで東京まで戻ってきたと言う。

『……課長に許可も取らずに行ったの？』

『はい、マズかったですか？』

『当たり前じゃない、勝手に行った旅費なんて精算できないわよ』

私のこの言葉に力也は眉をちらっと上げただけで『まあ、いいっす』と気にした様子もなかった。

『それよりも今回の件、支店長が勘違いした後始末みたいですよ』

なんでも接待ゴルフの際に得意先の社長から言われたことを、支店長が安請け合いしてきたらしい。それを聞いて思わず大きな溜め息がもれた。

『やれやれですよね？　でも、どうします？　支店長が恥をかくのはいいんですけど、そのシワ寄せが中部支店のみんなに行くのは可哀想《かわいそう》だなって思いまして』

『でも、もう間に合わないでしょう？』

私はパソコンのスケジューラーを立ち上げた。

『今回のキャンペーン告知はSNSが中心ですよね？　であれば、景品をひとつ追加するぐらい何とかなりませんかね。もちろん、追加にかかる費用は中部支店にもってもらえばいいと思います。問題は店頭に設置するボードやポスターです。プロモーションョン部に制作状況を確認しましたけど、すでにできあがっていて業者さんの倉庫で明後日《あさって》の出荷を待っている状態だそうです』

デジタルの販促ツールは比較的簡単かつ安価に修正ができるけれど、小売店に設置するボードやポスターはそうはいかない。

『プロモーション部の同期に「なんとかする方法を考えてくれ！」って拝み倒したら、午前中にデザインを確定させれば、明朝にはシールを納品してもらえるように手配するって言ってました。えーっと、ほら、こんな感じで、景品見本の写真のところに「さらに、もう一品追加決定！」って見出しをつけたデザインにすれば、シールを貼っても違和感がないと思うんです』

力也は自分のパソコン画面に映し出したシールのデザインや、それを貼り付けたボードのイメージ図を私に見せた。

『へぇ……、凄い』

私の声に力也は嬉《うれ》しそうな顔で頷いた。

『十時までなら支店長も次長も捕まるみたいです。とりあえずうちの課長と部長に報告して、了解がもらえたら中部に相談してみましょう。もっとも、向こうに否やはないでしょうけど。ここで恩を売っておけば、どこかで返ってくるでしょうしね』

『うっ、うん、そう、ね。でも……、そのシール貼りって誰がやるの？』

『そりゃあ、佐倉先輩と僕でしょう』

『……アルバイトを手配するとかってダメかな？』

力也はちょっと首を傾げて考えたようだが首を振った。

『どうせ作業を監督しないとダメですし、出来栄えのチェックなんかも必要でしょうから佐倉先輩か僕のどちらかは行かないとダメですよね。であれば、僕たちが直接やったほうが良いと思います。その方が中部支店に恩を売りやすいでしょうしね』

『やっぱり……、そうなるよね』

次の日、私たちは物流倉庫の一角を借りてシール貼りをした。梱包《こんぽう》を解いてシールを貼り、また包み直すという作業は難しくはないけれど、丁寧にやらないと見栄えが悪くなってしまい、がさつな私はどちらかと言うと苦手な作業だった。対して力也は意外なことにとても器用で、私の倍ぐらいの早さで手際よく作業を進めていた。

そもそも準備からして入念で、力也は普段持ち歩いている鞄とは別に、紙袋を提げて倉庫にやってきた。

『それ、何が入ってるの？』

『作業用の道具ですよ。まず滑り止め付きの軍手、はい、佐倉先輩の分もありますよ。それと、開梱用カッター。オルファの「カイコーン」って言うんです。ベタな名前ですけど、普通のカッターです。ッターみたいに刃が直《じか》に出てなくて怪我《けが》をしにくいんです。内容物を傷つける心配も減らせます。で、シールを貼ったあとに梱包し直すためのフィルムテープにガムテープ。それぞれ専用のハンドカッターに装着してあります。手でちぎることもできますけど、見栄えが悪くなるでしょう？　それに手でちぎってると意外と疲れるんです。握力を使いますからね』

力也は『これ、ニチバンのハンドカッターなんですけど、結局、これが一番コスパいいって言うか、使いやすいし、多少粗雑に扱っても丈夫で壊れないし、安いし。とにかく凄いんです』と嬉しそうな顔で説明してくれた。

『はぁ、凄っ。でも、マニアックだなぁ。こんなの、どこで売ってるの？』

『えっ？　普通に文房具店とかホームセンターとか。ちゃんとした品揃《しなぞろ》えをしてるところなら、だいたい置いてますよ』

さらに驚いたことに、力也はボードやポスターにシールを貼るのに、わざわざピンセットのようなもので作業をしていた。

『なにそれ？』

『本当に何にも知らないんですね。これはミネシマというホビー用工具を中心に手がけるメーカーが作ったＦ－１０９っていうシールを貼るためのピンセットなんです。シールって指で貼ると皮膚の脂がついちゃって、そこから剝がれやすくなるんです。だから、こういった専用のピンセットでなるべく端っこを摘《つ》まんで貼る方がいいんです』

『へぇ……』

あまりの文房具というか工具というか、道具オタクぶりに少しばかり引いてしまったが、実際に力也が用意した道具のお陰で作業ははかどった。

とはいえ薄暗い倉庫の片隅で延々と同じことのくり返しなので、ともすると私はめげてしまいそうになるのだが、力也は鼻歌まじりで何やら楽しそうだ。

そんな彼を眺めていて、ふと気になっていたことを聞いてみた。

『ねえ、なんでわざわざ名古屋まで行ったの？』

力也はちょっと首を傾げつつ考え込んだ。

『うーん、何となくですけど、ちょっと強引な話だなって思って。そういう時って、だいたい裏に何かあるんですよ。その辺の事情を分かったうえで対応するのと、よく分からないままやらされるのでは、気持ちの入り方が違うでしょう？　まあ、結局は対応しなきゃあならないにしても、少しは納得したいじゃないですか』

『そう、ね……』

『昨日も言いましたけど、そもそも支店長はキャンペーンの時期をすっかり勘違いしてたみたいで、こんなにも大騒ぎになるとは思ってなかったみたいです。どうやら点数稼ぎをしたかった次長が忖度《そんたく》して勝手にねじ込んだってのが真相みたいです』

『なんで、次長はそんなに無理をするの？』

力也は『マジっすか？』と呆《あき》れた顔をした。

『中部の堀田《ほった》次長、来年春の定期異動で支店長にあがれるかどうかの瀬戸際なんです。あがれなかったら多分ですけど関係会社に出向でしょうね。昇格は直属の上司である支店長の推し加減で決まりますから必死ですよ』

私は同期や同僚から「ウワサの終着駅」と綽名《あだな》されるほど、その辺の話に疎い。

『ふーん。結局、上の人たちのエゴやワガママにつき合わされて、私たちはこうしてシール貼りをさせられてるってことかぁ。ああ、そう言えば名古屋までの交通費とか、話を聞くために使った飲み代とか、いくらかかった？　それ払わせてよ。今回のキャンペーンは私が担当なんだから』

『えっ、いいですよ。僕が勝手にやったことなんですから。気にしないでください』

『だめよ、そんなの。先輩として立つ瀬がないじゃない』

力也は困った顔で少し考えると、名案を思い付いたとばかりに手を打った。

『じゃあ、こうしません？　飯を奢《おご》ってください。そうだ、できればフレンチとかイタリアンみたいなものを。焼き肉とか中華は友だちや同期と散々行ってますけど、そういう東京にあるお洒落な店を僕は知らないんで』

『えーーっ、なんか、それってデートみたいじゃない？』

『えっ！……、あの、その、嫌だったら別にいいですよ、無理しなくても』

急にしどろもどろになる力也はちょっと可愛かった。

それから一ヶ月後、シール貼りの日に約束した食事に出かけた。

『じゃあ、乾杯しよっか？』

ウェイターが注いでくれたスパークリングワインに手を伸ばしかけると力也が『ちょっといいですか？』と待ったをかけた。

『なに？』

『あっ、あの……、佐倉先輩って、彼氏さんはいるんですか？』

普段はズケズケとものをいう癖に、その日は心なしか緊張しているようだった。

『今はいない。って言うか、ここ何年か付き合ってる人はいないわ』

学生時代に付き合っていた人がいたのだが、お互いに就職をしてからなかなか会えないうちに疎遠になり、別れてしまった。律儀な人で、いまだに年賀状が来るのだが、今年のものには結婚式の写真が使われていた。元カノにいい度胸だと思うけれど、そういう無神経なところがある人だった。

『ほっ、本当ですか？』

普段なら『マジっすか？』ぐらいの軽さなのに、ちょっと変だ。

『うん、なんで、そんなことであんたに嘘をつかなきゃならないのよ？』

『はぁ、まあ、そうですけど……。なっ、なら、僕と付き合ってもらえませんか？』

『へ？』

あまりにも予想していなかった言葉に変な声が漏れてしまった。

『なにそれ、オバさんをからかってるの？』

『オバさんだなんて……、そもそも僕は一浪ですから佐倉先輩と同い年です。むしろ誕生日は僕の方が一ヶ月ぐらい早いんです』

少し驚いたけれど、ムキになる力也を見ていたら落ち着きを取り戻してきた。

『あのね布川君、それは私に火遊びをしましょうって言ってるの？　それとも真面目に付き合うつもりがあって言ってるの？』

ウワサの終着駅と呼ばれる私でも、力也に縁談が持ち上がっているという話は耳にしていた。なんでも以前担当していた取引先の社長令嬢がお相手で、お嬢様本人はもちろん、その父親である社長が力也に惚《ほ》れ込んでおり「我が社の将来は彼に任せたい」と口にしているそうだ。

『僕は遊びなんかで女性とお付き合いをしたことなんて一度もありません』

これまでに見たことのない真剣な眼差《まなざ》しに、少しばかり気圧《けお》されそうになった。

『でも、取引先のお嬢さんとの縁談が持ち上がってるって話を聞いたことがあるわ』

力也は一瞬目が点になったが、すぐに笑い始めた。

『それ、僕が新入社員のころの話ですよ。確かに先方の社長から「うちの娘なんか、どうだ」と言われましたけど、会ったこともありませんよ』

『なら、私とは結婚を前提にお付き合いしてくれると思っていいのね？』

動揺のあまり出まかせを言っただけのつもりだった。

『佐倉先輩が望むなら、今から役所に婚姻届を出しに行ってもいいですよ』

『そんな冗談ちっとも面白くない……』

急に恥ずかしくなって私は俯《うつむ》いてしまった。

『逆に聞きますけど、佐倉先輩は結婚がしたいんですか』

『そりゃあ……、したことがないから。一度ぐらいしてみてもいいかなって』

『そうですか。じゃあ、よければ僕としませんか？』

『はぁ？』

まったく付いて行けない。

『だって、結婚がしてみたいんであって、誰とってのは、特にこだわってないみたいな言い方じゃないですか？』

『あのね、それは言葉の綾《あや》ってやつよ』

『だとしてもですよ』

先ほどからレストランの人が気を揉《も》んでいる様子が良くわかる。無理もない、普通なら乾杯直後の一皿を出し終わっていてもおかしくないのだ。

『とりあえず乾杯しよう。お店の人が困ってるわ』

私がグラスを手にすると、力也も諦めたように手を伸ばした。

『じゃあ、乾杯』『乾杯』

サーブしてもらってから、かなり時間が経《た》っていると思ったけれど、相当に冷やしておいたようで、ちょうど良い頃合いだった。

『うん、美味しい』

思わず零れた私の声に力也はにっこりと笑うと深く頷いた。

『確かに。乾杯用のグラススパークリングにフランチャコルタが付いてるだなんて、今日は随分と高いコースにしてくれたんですね。お店の雰囲気もいいし。佐倉先輩との初デートがこんな立派なお店だと、これからが大変だな』

高級な店を知らないとか言ってた癖に……と内心で思った。

『ワインに詳しいのね。これ、そんなに有名な銘柄だなんて私は知らなかった。お店だってネットで調べただけで、私も今日初めてきたのよ。書き込みの評判は良かったけど、布川君の口に合うかは分からない』

『大丈夫です、僕は佐倉先輩と一緒なら、どこで何を食べても美味しいです。だって、僕は佐倉先輩と一緒にいたいんです。つまり、僕は何かをしたい訳ではなく、佐倉先輩と一緒にいることが大事なんです。だから結婚をしたいんじゃなく、佐倉先輩と結婚がしたいんです。もちろん、それを佐倉先輩が望んでいることが大前提ですけど』

その力也の幸せそうな顔を見ていたら、急に異性として意識をしてしまった。

『で、でも、なんで私なんかがいいの？』

『なんでって言われても……、好きだからです』

『好きって、私のどこが？　何が？』

自分でも悪い癖だと分かっている。けれど自分に自信が持てない私は、聞かなければ不安で不安でたまらない。

『うーん……、全部かな？』

『そんなのダメ！　ちゃんと言って』

『えっ？　そんなのキリがないですよ？　だって本当に全部だもの。それを言うとなると、最低でも二泊三日ぐらいの旅行に一緒に行ってくれないと無理ですね』

『なにそれ』

そこへ一皿目の料理が届いた。お店の人がなにやら説明してくれているけれど、全く頭に入って来ない。

『美味しそうですね、食べましょう』

力也は嬉しそうな顔でカトラリーに手を伸ばした。

『私、真面目過ぎるところがあって、付き合ってもつまらないかもしれないわよ。忙しかったら仕事を優先するだろうし、布川君を大事にしてあげられるか分からない』

力也は意外そうな表情だった。

『働いている大人なんだから、当たり前ですよね？　忙しくて相手にしてくれないからって拗《す》ねたりしません。それに一緒に働いてるんですから事情は分かりますし』

返す言葉がなくなって、仕方がなく私もナイフとフォークを手に取った。

『うん、美味《うま》い』

力也は嬉しそうな顔だった。ふと毎日の食卓を力也と囲むのも悪くないなと思った。

『話を「結婚を前提に」ってことに戻しますけど……。普通、男が女性にプロポーズする時に「君を絶対に幸せにするよ」って言うじゃないですか』

『もう……、さっきの話は忘れて。布川君が真剣だっていうのは分かったから』

『いや、聞いてください。僕はあんなことは言いません』

『えっ！　幸せにしてくれないの？』

『だって、幸せは二人で育むものでしょう？　だから、僕だったら「瞳さんとなら僕は絶対に幸せになれる自信があります！　だから一緒に幸せになりましょう」って言いますね』

『なにそれ』

それから半年経たずに結婚し、初めての結婚記念日を待たずに妊娠が分かった。

『まさか自分が二十代でパパになるとは思わなかった』

妊娠を告げると、力也は驚きつつもとても喜んでくれた。

『授かりものだもの、計画的になんて無理よ。それに子どもを育てるのって、大変よ、きっと。だから体力のある若いうちに産んで育てておくことは良いと思う』

『なるほどね』

『でね、考えたんだけど、私、仕事を辞める』

力也は意外だったようで、少しばかり考え込んだ。

『本当に、それでいいの？　せっかく希望していた仕事を始めたところなのに』

結婚を機に私は新しく立ち上がった部に異動となった。夫婦で同じ部署では、何かと不都合も多いからとの会社側の配慮だった。

『だって不器用だもの。仕事と家事の両立だって四苦八苦してるのに、さらに育児だなんて私には無理』

『産休や育休は会社の制度を最大限に使わせてもらって、保育園に通わせながら両立する方法を一緒に考えようよ。とにかく、仕事を手放してしまうのはもったいない』

欲張りな力也らしい意見だ。

『分かった、ちょっと考えるね……』

曖昧な返事をするのがやっとだった。

『ねえ、そう言えば性別は何時分かるの？』

『さぁ、まだ安定期ですらないのよ？』

『男の子だったらラグビーに興味を持ってもらえるようにジュニア向けのクラブやスクールがある地域に引っ越ししようよ』

『えっ？　嫌よ。お義母《かあ》さんもお義姉《ねえ》さんも言ってたわ「泥だらけのジャージやソックスを洗うのが本当に大変だった」って。「馬か牛みたいにご飯食べるし」ってのも聞いたことがある。私は女の子がいいな。二人で一緒に買い物に行ったり甘いものを食べに行ったりするの』

『まあ、とにかく母子ともに健康だったら、それでいいよ』

ふと気が付くと温かな湯気をたてるカップやポット、おしぼりを載せたお盆を手にした良子さんが立っていた。それらをテーブルに置くと良子さんが声をかけてくれた。

「どうぞ、冷やしたおしぼりです、お使いください。アイシャドウで汚れてしまっても気にしないでください、洗えば落ちますから」

優しい言葉が心に沁《し》みた。相手に熱望されての結婚、若いうちに授かった子ども……。すべて望外と言っても良いほどなのに、なぜだろう。目の前の楽しそうな人たちに私は嫉妬している。

周りを見渡すと、お客は随分と減っている。

「これから夕食後の珈琲を楽しまれるお客さんが来る時間帯までお店は暇です。ですから、ゆっくりしてください。プリンはもう少ししたらお出ししますね」

新しいおしぼりを目元に当てると、ほど良い冷たさで、泣き腫らした目に心地よい。案の定、少しばかりアイシャドウがついてしまった。

汚れたところを内側にして丸め直すと、カップに手を伸ばした。ほんのりと香ばしい香りの黒豆茶は喉をやさしく潤してくれる。カップの近くには土瓶のようなシルエットのポットが置いてあった。蓋を開けてみるとたっぷりとお代わりが入っている。

ふと窓の外に目を向けると、スマホを持ったまま苛立《いらだ》たし気に周囲を見渡している人がいる。しきりに時間を気にしているようで、途中で電話に切り替えてなにやら叫んでいる。ああ、誰も彼もが楽しく幸せな時間を過ごしている訳ではないのだ……、そんなことを思った。困っている人を眺めて、そんなことを思うのは良くないと分かってはいるけれど、ささくれていた気持ちが少しばかり落ち着いたような気がした。

「お待たせしました、プリンアラモードです」

良子さんは瞬間移動でもできるのだろうか？　それともぼんやりと外を眺めている間に、私はタイムリープでもしてしまったのだろうか。気が付けばまた、お盆を持った良子さんが傍らに立っていた。

テーブルにそっと置かれたのは、真っ白なお皿の上にセットされた足つきのシルバーの器だった。

器の真ん中にはプリンが鎮座し、その脇にはバニラアイスと生クリーム、さらにはメロンやリンゴ、バナナなどが添えられている。

「ごゆっくりお召し上がりください」

一礼して良子さんは戻って行った。

器の下に敷かれたお皿にはスプーンとフォークが添えてあった。早速、スプーンをプリンに差し込んだ。しっかり焼かれたプリンは弾力があり、たっぷりと卵を使っていることが分かる味わいだった。ほろ苦いカラメルソースとの相性も抜群でプリンだけでも十分に美味しい。

続けて隣に添えられたアイスクリームを舐《な》めてみる。こちらも濃厚なミルクとバニラビーンズを惜しげもなく使ったことが分かる味わいで舌解けも滑らかだ。

果物も生クリームも何もかもが新鮮で、それがたっぷりと使われて贅沢《ぜいたく》この上なく、丁寧に調理されていることを実感させる味わいだ。プリンやアイスクリーム、生クリームは濃厚なのに、果物の酸味とのバランスが良いからかしつこさは微塵《みじん》もない。

ブラックの珈琲と一緒に食べると、もっと美味しいと思うが、黒豆茶との相性も悪くない。もしかしたら黒豆茶を頼んだ私に合わせて調整してくれたのかもしれない。

「これを独り占めしてるところを見たら、友哉は怒るだろうな……」

ふと子どものことが気になった。思えば夢中になってスイーツを食べるのなんて本当に久しぶりだ。普段は友哉に取り分けたり、食べさせたり、食べこぼしを拭いたりと忙しく、ゆっくりと味わうことなど全くない。世話を焼いているうちに、温かな料理は冷め、冷たいはずのものは温《ぬる》く、アイスやかき氷などは溶けてしまう。

子どもが食べ残したものばかりを慌てて口に放り込むような食事で、何をどれぐらい食べたのかも分からないような日々が随分と続いている。小さな子どもがいる間は、誰もが経験していることかもしれないけれど、食べることが何よりも好きな私にとって、これは地味ながらもじわじわと辛い。

十五分ぐらいだろうか、気が付けば至福の時は終わってしまった。美味しいものの罪なところは、目の前から消えてなくなった時の喪失感ではないだろうか。もちろん、お腹は十分満たされて、もっと食べろと言われても無理なのだが、それでも「ああ、食べ終えてしまった……」と何時も思う。

その様子を見計らうようにして良子さんがテーブルまでやって来た。

「いかがでしたか？」

「美味しかったです！　こんなに美味しいプリンを食べたのは生まれて初めてです。それにアイスクリームも果物も、どれも最高でした。……ひとりでゆっくりものを食べたのは本当に久しぶりなので、ちょっとガツガツしちゃいました。行儀が悪くてすみません」

普段ならお店の人に感想を求められても「ええ」とかせいぜい「おいしかったです」と短く応える程度なのに、今日はなぜだか口から言葉があふれ出た。

「そんな、行儀が悪いだなんて、これっぽっちも思いませんでした。美味しそうに食べていただけてマスターも喜んでます」

良子さんがカウンターをふり向くと、視線の先には臙脂色《えんじいろ》のベストに黒いエプロンをかけたマスターの姿が。私と目が合うと、恥ずかしそうにちょこっと頭を下げた。

「これ、サービスの昆布茶《こぶちゃ》です。甘い物をたっぷり食べると、ちょっとしょっぱいものが欲しくなりませんか？　よかったらどうぞ。妊婦さんは塩分とヨードを摂《と》りすぎると良くないそうですが、一杯ぐらいなら問題ないかと思って」

「えっ？」

思わず声が漏れた。

「間違っていたらごめんなさい。お店に入って来られる様子や、椅子に座る時の仕草で無意識でしょうけどお腹をかばっているように見えたので。赤ちゃんがいらっしゃるのかな？　と思って」

「……はい、夏に二人目を出産する予定です。よく分かりましたね。小さなお子さんがいらっしゃるのですか？」

「いいえ、私にはまだ。そもそも結婚してませんし……。私が好きな人はのん気で鈍感なので出産どころか結婚も何時になるのか分かりません」

良子さんは少し拗ねたような顔だった。その表情も言い草も、先ほどまでのしっかり者の看板娘といった様子とは随分と異なり、そのギャップに思わず笑ってしまった。私につられるようにして良子さんも口元を緩めながら「ああ、やだやだ。愚痴っちゃった」と零した。

「私、林田《はやしだ》良子って言います。良かったら少しおしゃべりしませんか？」

「はい、もちろん喜んで。申し遅れました、布川 瞳です。こちらこそ、色々とやさしくしてくださって、ありがとうございます。御迷惑でなければ、ぜひ」

良子さんは私に向かい合うようにして座った。

「失礼でなければですけど……、瞳ちゃんと呼んでもいいですか？ 私のことはぜひ良子と呼んでください。お店に来る人はみんな『良子ちゃん』とか『良子』と下の名前で呼んでくれますから。ところで、その服装から察するに今日は結婚式？」

「ええ、大学時代の友人の披露宴に呼ばれまして。サークル仲間でいつも一緒に行動してたんですけど……。仲の良かった四人組でしたが、私だけ早く結婚をして子どもを授かったので、みんなには最近会えていなかったんです。久しぶりに会ったみんなは仕事もプライベートも充実しているみたいでキラキラしてて。なんか私一人だけ所帯じみたオバサンになったみたいで……。なんで私だけって思ったら、ちょっと悲しくなっちゃって。すみません、いい歳《とし》をした大人が泣いたりして」

「何を言ってるの、泣きたい時は泣けばいいのよ。腹が立ったら怒って、辛いときは愚痴を零して、嬉しくなったら喜んで、可笑《おか》しかったら笑う。それが自然じゃない？

だって人間なんだもの。格好悪くたって素直が一番！　あれ？　なんか私、偉そうなことを言っちゃってる？」

舌を出して笑う良子さんは本当に素敵だ。こんな綺麗な人を平気で放っておける男性って、どんな人だろう。相当の男前なのだろうか。

「小さな子どもの面倒を見ながら色々とこなすのは大変だろうなぁ……、自分のペースでやれないもんね？　そう言えば最近の若い男性は家事や育児にも積極的な人が多いって聞くけど、ご主人はそういったタイプじゃないの？　あっ！　ダメダメ、今はご主人って呼び方はNGなんだよね？」

「ええ、まあ、そう考える人もいるかもしれませんね」

「旦那さんでもダメだろうし……、夫の方はっていうのも変だよね？　何て言ったらいいんだろうな、うーん」

良子さんの顔はまるで難問に苦しむクイズ番組の回答者のようだ。

「『パートナーという呼び方をお勧めします』ってジェンダー問題の専門家がテレビか何かで話しているのを見たことがありますけど……。でも、普段の会話で『うちのパートナーが』ってちょっと変ですかね」

「うん、変！　『うちの旦那に「消毒液買ってきて」って頼んだら、何を勘違いしたのかショートケーキ買って来たのよ！　まあ、美味しかったから許したけど。逆だったらブチ切れてると思う』ってな話をしたいときに、旦那の部分をパートナーにしちゃったら、なんか感じがでないと思う」

「……すごい想像力ですね」

二人で顔を見合わせて大笑いしてしまった。

「でも、確かにちょっと話し辛いと私も思います」

「まあ、慣れかもね。でも、子どもは幼稚園とか保育園に通ってるんでしょう？　そういった所の先生とか、他の子の保護者と話す時は、何て呼んでるの？」

あらためて問われると、ちょっと考え込んでしまう。

「うーん、子どもの名前にママとかパパとつけて呼ぶことが多いですかね。うちの子は友哉って名前なんで、〝とも君パパ〟とか〝とも君ママ〟とか……。もっと略すと〝ともママ〟とかですね」

「へーえ、そうなんだ。でも、自分の名前で呼ばれないなんて、なんか変だなぁ……」

小首を傾げる良子さんを眺めて、ふと私もそんな風に考えてたよなと思った。

「ああ、ごめんなさい。自分で質問しておいて脱線しちゃった。でね、だん……じゃなかった、パートナーの方は家のことは手伝ってくれないの？」

普通、初対面の人に夫婦関係のことを尋ねられたら、随分と図々《ずうずう》しい人だなと思っただろう。けれど、不思議と良子さんに対しては、そんな感情は湧かなかった。

「どうでしょう？　他所《よそ》の家がどうなのか分からないので比べようがないです。結婚当初は私も仕事を続けていたので、基本的に家事は二人で分担してました。けど、妊娠を機に仕事を辞めて専業主婦になってからは家事も育児も基本的に私が一人でやっています。ちょうど夫も会社での立場が少し変わって、仕事の責任も重くなってきたところで残業や休日出勤なんかも増えてしまって。あんまり無理を言うのも可哀想だなって思っているうちに、だんだんとそれが当たり前になってしまって」

「なるほどねぇ……。私は身近に見本となるような兄妹《きょうだい》もいないから結婚生活のリアルってものが分かってないんだな。漠然と憧れているだけじゃあダメなのかも。そっかー、で、今日は結婚式だから特別にパートナーにお子さんを預けて銀座まで出てきたって訳ね」

「いえ、子どもは実家で預かってもらってます。夫は今週末も接待で休日出勤です」

良子さんは「へぇー、昭和の企業戦士みたい」と呆れた声を上げた。

「ああ、そう言えば、うちのスイーツ&ドリンクのチケット、あれどうしたの？　多分だけど年末の福引きの景品だと思うんだけど」

ふと問い掛けられて思い出した。

「夫からもらったんです。そういえば、この近くに『四宝堂』という文房具店はありますか？　そこに注文した品物を受け取ってきて欲しいと頼まれまして。こちらのスイーツと飲み物は、その御駄賃としてくれたんです」

私は夫から預かった注文書を取り出した。

「その店なら、ここから歩いて五分ぐらい。でも、妊婦さんに品物を取りに行けだなんて……。物は何なの？」

「それが何を受け取るのか分からないんです。夫も『何を注文したのか思い出せないんだ。注文書にも品番みたいなものしか書いてないから』って言うんです。大きなものとか重たいものだったら、ちょっと困るなって思うんですけど」

「そしたら宅配便で送っちゃえばいいのに。少しお金はかかるけど送り状さえ書けば硯《けん》ちゃんが手筈《てはず》は整えてくれるはずよ」

「硯ちゃん？」

急に出てきた名前に私が首を傾げていると、私たちのそばにマスターが立っていた。その手にはバスケットが提げられている。

「すみません、ちょっと失礼します。良子、お前さん、また硯ちゃんの配達をすっぽかしてるぞ。三時半に珈琲とケーキを注文されたのをすっかり忘れてるだろ」

「やば！　そうだった」

良子さんは慌てて椅子から立ち上がった。

「もしかして硯ちゃん……、いや硯さんって、四宝堂ってところの人ですか？」

「そうなの、私とは幼馴染《おさななじ》みなんだけど……。そうだ、良かったら一緒に行きましょうよ。お客さんと一緒だったら、遅刻をイジられないと思うから。ね？　お願い」

良子さんはエプロンを外すとバスケットを受け取った。私は席を立つとマスターに会釈した。

「プリンアラモード、とっても美味しかったです。また食べにきます。次はケーキを食べてみたいです」

「美味しそうに召し上がってくださる方は、何時だって大歓迎ですよ。ぜひ、またいらしてください」

マスターの温かな眼差しに送られて私たちは『ほゞづゑ』を後にした。

「歩いて五分ほど」と良子さんは言ってたけれど、それより少しばかりかかったような気がする。きっと身重な私を気遣ってゆっくり歩いてくれたのだろう。

「ほら、あそこよ。あのポストの前」

良子さんが指さした先には、今どき珍しい円筒形のポストがあった。その前には石造りの古そうな建物があった。

低い石段をあがると、どっしりとした重厚感のある木枠にガラスがはめられた両開きの扉があった。ガラスの中央には『四宝堂』と金文字で書いてある。

「さあ、どうぞ」

扉を開けてくれた良子さんに勧められるがままに店内へと足を踏み入れると、仄《ほの》かにお香のような香りが鼻先を掠《かす》めた。

「硯ちゃーん、お待たせー」

良子さんが声を張った。すると「毎度〜、おなじみの〜、時間が守れない喫茶店からの出前ですかぁ〜?」と、変な節をつけた声が奥から聞こえてきた。どうやら良子さんが一人で来たと思っているらしい。

どんな展開になるのかと眺めていたら、商品がならぶ棚と棚の間から、良子さんと同じぐらいの年格好の男の人が現れた。薄いブルーのシャツにグレーのパンツ、黒い紐靴《ひもぐつ》を履いて紺色のニットタイを締めている。棚卸でもしていたのか、手にはクリップボードとペンがあった。ふと視線をあげると、私と目が合った。

その驚いた表情はテレビのどっきり番組かと思う程だった。けれど、目を白黒させながらも姿勢を正すと「いっ、いらっしゃいませ」と深々としたお辞儀をしてくれた。

「油断大敵って言葉を知らないの？　営業時間中に気を抜いたらダメじゃない」

良子さんが呆れたような声をあげた。

「だって、今日は本当に暇で暇で、お客さんがまったく見えないんだもの……。でもって頼んでおいた珈琲もちっとも来ないしさぁ。まあ、良子の出前が時間通り来ないのは何時ものことだけど」

苦笑いを浮かべながら硯さんは言い訳をした。

「お見苦しくて申し訳もございません。あらためまして『四宝堂』文房具店の店主を務めております宝田《たからだ》　硯と申します。どうか、お見知りおきを」

硯さんは別人になったかのような佇《たたず》まいで名刺を取り出した。その名刺は、店名に名前、それと住所やメールアドレスがシンプルに記されただけなのだが、味わい深い活字で印刷されており、独特の雰囲気を醸し出していた。しかも手に取ってみるとザラッとした感触が指先に心地よい。

「布川　瞳と申します」

私が挨拶すると、これを引き取るようにして良子さんが事情を説明してくれた。その間に私は力也から預かった注文書の控えを取り出した。

「これなんですけど」

硯さんは私が差し出した注文書を「失礼いたします」と断って受け取ると、しげしげと検《あらた》めた。

「ああ、やはり布川様ですね。いえ、もしかしたらとは思ったのですが人違いでしたら失礼になると思いまして……。ご主人様には何時もご贔屓《ひいき》いただいております」

「あーっ、ダメなんだ！」

良子さんが硯さんを指差した。

「あのね、今どき『ご主人』とか『旦那様』って言い方は古いんだよ。パートナーって呼ばないと」

硯さんは、ほんの一瞬怪訝《けげん》な表情を浮かべたが顎に手をあてて考え込んだ。

「まあ、確かに主人や旦那では上下関係があるように聞こえてしまいますが……。だとすると亭主もダメなんでしょうね。昔は『亭主元気で留守がいい』なんて言葉がコマーシャルに使われて、その年の流行語に選ばれたそうですが。もっとも、言葉は時代に合わせて変わるものですから仕方のないことですけれども」

「ね、こんな人なのよ。どんな爺《じい》さんやねん！　って突っ込みたくなるでしょう？」

良子さんが溜め息を漏らしながら首を振った。どうやら、この硯さんが良子さんの想《おも》い人のようだ。美男美女で呼吸もぴったり、きっと良い夫婦になりそうだが、確かに硯さんは鈍感そうで、その手の話にも疎そうだ。

「まあ、その辺の話はさておき、布川様からのご注文の品を地下から取ってまいりますので、少々お待ちいただけますでしょうか？」

「はい。……あの、少し店内を拝見してても構いませんか？」

「どうぞどうぞ、ああ、私のことは気にしないでゆっくりと見てね」

硯さんが口を開きかけたが、その前に良子さんが答えてくれた。

「もう、僕の仕事を取らないでよ」

「はいはい、ほら、早く取りに行きなさいよ。お客様を待たせるものじゃないわよ」

「はーい」

唇を尖《とが》らせながら硯さんは店の奥へと早足で消えていった。

「地下にね、在庫置き場を兼ねた作業場があるの。古い活版印刷機があって、名刺やショップカード、それにハガキなんかを刷ったり、他にも鉛筆や万年筆に名入れをする機械とかが置いてあるの。すぐに戻って来るとは思うけど、とりあえずゆっくり見てあげて。気を遣って無理に買い物をする必要はないけれど、何か気になる物があったら遠慮なく声をかけて。割と品揃えはいいと思うから。と言うよりも無駄に多いかもしれない。売れそうになくても自分が好きなものだと仕入れちゃうの。マニアックで商売というよりも趣味に近いと思う」

なるほど、それなら力也が気に入るはずだ。

「じゃあ、ちょっとだけ」

私は会釈をして良子さんから離れた。

板張りの床は良く磨かれていて真っ白な壁や天井とのコントラストが美しい。通りに面した窓からは明るい日が差し込んでいる。

窓の近くの大きな台には『もうすぐ新年度　新しい筆記用具でスタートしませんか？』と記されたボードが設置され、様々な種類のボールペンやシャープペン、サインペンに蛍光マーカーなどが置いてあった。思えばボールペンなどを買いに文房具店に行くなんて、何年もしていない。必要になったら、近所のコンビニか百均で特に吟味もせずに買っていたような気がする。そもそも、ここ何年も手書きした覚えがない。

昔は幼稚園とのやり取りもアナログな連絡帳だったそうだが、友哉が通うところは専用のアプリを使っていて、紙に印刷された案内などを持ち帰ることもない。そういえば、力也は最近、あのパーカーの万年筆を使っているのだろうか？

その台の先には便箋と封筒のコーナーがあった。ざっと見ただけで百種類は超える品揃えで、ここから選ぶとなると大変そうだ。封筒の棚の脇には「封緘《ふうかん》印・封緘シール」と題されたＰＯＰが添えられていた。


《封の仕方にもマナーがあります。

封筒の蓋の部分を糊付《のりづ》けし、閉じ目中央に「〆」と書きましょう。

この際は「×」に見えないように注意してください。

「〆」の他にも「締」「緘」も使うことができます。

また、差出人が女性の場合は「蕾《つぼみ》」も使えます。

なお、テープで封をする人もいますが、簡単に開け閉めできますので避けた方が無難です。

ちなみに、糊付けした上に封緘印や封緘シールを用いることもお薦めです。

洋封筒にはシーリングワックスなどもお洒落です。

ぜひ、お試しください！》

丁寧に手書きされたPOPは、ちょっとしたエッセイのようだ。ふと力也と二人で結婚式の案内を封筒詰めしたことを思い出した。

披露宴の案内に手書きのメッセージを添えようと言い出したのは力也だった。形式通りの文句が印刷された案内状とは別に、カードに手書きして自分たちの気持ちを伝えるべきだとの力也の意見はその通りだと思った。

そんな提案をするだけあって、力也は愛用の万年筆で次々とメッセージを書き進めていた。それに比べると、私はどうにも筆の進みが遅い。しかも書き損じてばかり。

『あーっ、また間違えちゃった……。もう、嫌になってきた』

『どれ、ちょっと見せて。うーん、えっとね、多分だけど、そこなら大丈夫』

作業は力也の部屋でしていたのだが、彼は作り付けの戸棚の奥からお菓子の缶を取り出した。缶の中には、様々な種類のシールがたくさん入っていた。がさごそと中身をあさると、色んな種類のハートがちりばめられたシートを選び出した。

『ほら、こんなのを書き損じた所に貼って、それを避ける形で書き続ければ大丈夫じゃない？　ほら、ほかの空いてるスペースにも、こうやって貼るとデコったみたいに見えるでしょう？　もちろん、イチから書き直してもいいけど。カードは余分に用意してあるから』

　私の手からカードをとると、書き損じたところにピンクのハートを貼った。続けて色違いのハートを行間や文字の間に貼ると、確かに計算して装飾したように見える。

『凄っ、器用だなぁ』

　力也はピンセットを手に自慢気な笑みを浮かべた。手にしているそれは、倉庫の片隅で使っていたものとは別の、より細かな作業ができるもののようだった。

『なんで、こんな乙女チックなシールを持ってるのよ？』

『えっ！　瞳は持ってないの？　こういうのって文房具屋さんに行ったときに目について可愛いなって思ったらついつい買っちゃうでしょう？　それに、何かでもらったりとか。ほら、僕なんて何時の間にかこんなにも貯《た》まっちゃってる』

　力也は缶の中を見せた。

『これ、いつから貯めてるものなの？』

『うーん、小学生ぐらいからかな……』

　缶の中にはお菓子の景品と思しき一枚や、製薬会社が販売促進の一環で薬局で配っているようなもの、プラモデルかなにかに付いていただろうと思しきものなどが雑多に詰まっていた。

『なんかね、捨てられないんだ』

こんな小さなシールまで大事にとっておく人なら、きっと私のことも大事にしてくれるに違いない、そんなことを思った。

やっとの思いで書き終えると、今度は筆耕してもらった封筒に案内状やメッセージカードを入れて封をするといった作業が残っていた。

『ねえ、なんで金色の扇に「寿」って字のシールを貼るんだろうね』

『さぁ……。これは封緘シールってものだけどね。もちろん、筆か何かで直接「寿」って書いてもいいんだろうけど。宛名書きしてもらった筆耕の字と落差がありすぎて恥ずかしいでしょう？』

『まあ、ね』

そんな雑談をしながら、内容物をセットした封筒を私が糊で封をし、力也がピンセットで封緘シールと慶事用の切手を貼るといった流れで作業を続けた。最初のうちは段取りが悪かったけれど、徐々に呼吸が合って作業が早くなった。そして、二人の息がぴったりと合ったころ、作業は終わってしまった。

『なんか、物足りないね。もう百部ぐらいやりたいところだけど？』

そんな軽口を叩《たた》く私に力也がニヤリと意味ありげな笑みを見せた。

『そんな元気があるなら、明後日、これを郵便局に持ち込んでよ』

『え？　なにそれ。明日の朝にでも会社に行く途中でポストに入れちゃダメなの』

『うん、それだと消印が大安吉日にならないかもしれないでしょう？　郵便局に持ち込んで、窓口で「必ず今日の消印でお願いします」って言えば間違いないから。それに、どうせなら風景印の郵便局がいいと思ってるんだけど』

『風景印？』

『うん、知らない？』

力也は本棚から風景印だけを集めた本を見せてくれた。

『へぇ……』

結局、二日後に私が丸の内の鉄鋼ビル郵便局に持ち込んだ。後で親戚に見せてもらったが、風景印には上半分に鉄鋼ビルが、その下には東京駅のグランルーフと上越新幹線が描かれていた。

『ちゃんと消印にまで気配りができるだなんて、瞳ちゃんも立派になったわね』

礼儀作法に厳しい父方の祖母に褒められてちょっと嬉しかったことを覚えている。

「瞳ちゃん、見つかったみたいよ、旦那さんが注文したもの」

「あっ、ほら、良子だって旦那さんって言っちゃってるじゃん。それに見つかったなんて言い方をしたら、まるで行方不明だったみたいじゃない。ちゃんと大切に保管してただけで、どこに行ったか分からなくなった訳じゃないんだから」

ふたりの会話は、まるで落語に出てくる長屋の夫婦のようだ。二人の明るい声に導かれるようにして会計カウンターのあたりに戻ると、硯さんの手にはA4ぐらいの大きさの封筒があった。

「こちらが布川様にご注文をいただいた品です。実は検品をしていただかなければならないのですが……。よろしければ二階まで御足労をいただけませんでしょうか？そちらであればゆっくりとご確認いただけると思うのですが？」

この硯さんの言葉に良子さんが待ったをかけた。

「言ってなかったけど、瞳さんは身重なの。階段を上らせるだなんて無理は禁物よ」

「失礼しました。では、こちらでお願いします」

硯さんは会計カウンターの脇に折り畳みの椅子を広げると「どうぞ」と座らせてくれた。印鑑や高そうな万年筆がならんだガラスケースの天面にフェルトのクロスを広げると、その上に封筒をそっと置いた。

「では、お検めください」

言われるがままに封筒を手に取ると、蓋の部分には玉紐が付いていた。×を描くように掛けられた紐を外して中身を取り出すと、ビニール袋に収められたシート状のものがでてきた。

それは《ふかわ ともや》や《フカワ トモヤ》《布川 友哉》と平仮名やカタカナ、漢字で記されたお名前シールだった。縦書き、横書きと様々で、シールそのもののサイズも大きなものから、一片が数ミリといった小さなものまで様々だった。

「なんでも、お子様が小学校に入学されるとか。おめでとうございます。入学に際しては、ランドセルはもちろん、道具箱や計算ボックスなど色々と名前を付けなければならないものが多いということで、布川様からお名前シールのご注文をいただきました。一応、私も検品しておりますが、間違いがあっては大変です。ご面倒をおかけしますが、ご確認をお願いします」

硯さんは続けてカウンターの内側から呼び鈴を取り出した。

「申し訳もございませんが、ご確認が終わりましたら、こちらのベルでお呼びください。少しばかり外しますが店内にはおりますので」

一礼すると硯さんは良子さんの背中を押してどこかへと行ってしまった。

「これ、全部確認しないとダメかなぁ……」

思わず独り言が零れた。封筒の中を見てみると、ビニール袋がもう一つと、それとは別に封筒がもう一通あった。ビニール袋には私の名前シールが入っていた。そして封筒には「瞳さま」と青いインクで書いてあった。これは力也の字だ。

《瞳へ

今日は『四宝堂』まで来てくれてありがとう。


結婚して、友哉が生まれて、その友哉も来月からは小学生、本当に、あっと言う間だったね。

新米の夫で父親の僕は、ほとんど何もできないまま家事や育児を一手に引き受けてくれる瞳に甘えっぱなし。

でも、この夏には友哉にも弟か妹ができます。

小学生とはいえ友哉もまだまだ手がかかると思います。

幸い、来月には僕の右腕になってくれそうな後輩が課に来てくれます。

どこまで上手《うま》く時間をやりくりできるか分からないけど、頑張ってみる。

だから遠慮せずにどんどん指示を出してね。

もちろん、言われなくても自分で考えて動けるようになりたいけれど……。

とりあえず自分で考えて動く第一弾として友哉のお名前シールを注文しました。

当然ですが貼り付けもお任せあれ！　僕が得意なのは知ってるよね？

でもって、ついでに瞳の分も注文しておいたから何かに使ってね。


最後にお願いです。

僕も頑張るから、二人で時間を作ってデートがしたいな。

だって、瞳は僕がこの世で一番好きな人だから。

力也より》

ふと気が付くとインクの所々が滲《にじ》んでいる。今日は本当に泣いてばかりだ。

「もう……、こんなの何に貼れって言うの？」

私は独り言《ひとご》ちて《ふかわ　ひとみ》のシールをそっと撫《な》でた。

＊　＊　＊　＊　＊

来週からの大型連休に向けて、銀座では多くの小売店がショーウィンドウの入れ替えに余念がない。老舗《しにせ》百貨店や高級ブティックは専門業者によって煌《きら》びやかなディスプレーへと切り替えが進むが、店主一人きりで営んでいる文房具店『四宝堂』では、そのような訳にはいかない。接客の合間を縫って飾り付けを手直しすると、急ぎ足で通りへ出て見栄えを確かめるといったことを先ほどからくり返している。

「やれやれ、とりあえず、こんなところかな」

やっと納得がいったとばかりにポケットからハンカチを取り出すと、額の汗を拭いながら店主の宝田　硯が小さく零した。

「こんにちは」

不意に後ろから声をかけられて、硯は体を強張《こわば》らせる。ゆっくりとふり向くと、そこに常連客である布川力也が照れ臭そうな顔で立っていた。隣には先月よりも少しお腹が大きくなった瞳の姿が。

「これはこれは布川様、それに奥さっ……、いえ、瞳様も御一緒で」

硯の様子に思わず瞳が噴き出した。

「もう、いいですよ、無理しなくても。奥様で大丈夫です」

「面目もございません。しかし、せっかくお名前をお知らせいただいているのです。やはりちゃんとお呼びしなくては」

力也と瞳は顔を見合わせて小さく笑った。

「ところで、今日はいかがされたのですか？」

「夫が久しぶりに有給休暇がとれるというので銀座に出てきました。さっきまで『ほゝづゑ』でランチをいただいて、デザートにケーキまで食べちゃいました」

「せっかくだから四宝堂によってフォトフレームでも買おうって話になりまして。長男の入学式に三人で撮った写真があるんです。それを飾ろうと思いまして」

「それはそれは。では、店内へどうぞ」

「あの、その前に四宝堂をバックに写真を撮ってもらえませんか？　ここ何年もツーショットの写真を撮る機会がなくて」

瞳が差し出したスマホを受け取りながら「お安い御用です」と硯が応えた。

「おや？」

受け取ったスマホのケースには《ふかわ　ひとみ》のシールが。

「使い道に困って、とりあえずそこに貼ったんです」

「なるほど……、布川様に瞳様の分も一緒にご注文いただいた際には、お受けしても良いのかと迷いました。けれど、こうやって実際にお使いになった様子を拝見しますと、なかなかよろしいかと。よい勉強になりました」

「そんな……、思い付きを褒められても。ちょっと恥ずかしいな」

力也が照れ笑いを浮かべた。

「あ、その表情、柔らかでよろしいかと。では撮りまーす、はい、チーズ」

肩をよせ合う夫婦が『四宝堂』を背景にフレームに納まった。写真の出来栄えを液晶画面で確認しながら硯の顔も思わず綻ぶようだった。

# 原稿用紙

「ヤマトエンタープライズを、いわゆる飲食業やサービス業といった枠組みを超えた会社にしたいと私は考えています。人をもてなすことが大好きで、お客様に最高の思い出を作っていただくことを無上の喜びと感じるような、ある意味でお節介な人たちが、わいわいがやがやと楽しく働く会社……、そんな会社にしたいと思います」

よし、難しい顔をしていた記者が深く頷《うなず》いてくれた！　と思ったら、脇からメモが差し出された。手を伸ばしているのは秘書室の百子《ももこ》さんだ。先ほどまでは取材に同席している広報室のメンバーに託していたようだが、埒《らち》が明かないとばかりに直接手渡しにきたようだ。

広げてみると『本当にもうギリギリです。四宝堂《しほうどう》との約束まで、あと十分しかありません！』と書いてあった。「ありゃ……」思わず独り言が零《こぼ》れた。

みんなの視線が一斉にこちらに集まった。

「すみません、予定の時間を随分とオーバーしてしまって」

　記者が申し訳なさそうに頭をさげた。

「いえいえ、良い問い掛けをたくさんいただいたので、ついつい話し過ぎてしまいました。では、私はこれで失礼します。後は広報室が対応しますので」

　席から立ち上がると記者やカメラマンに一礼してドアに向かった。私の後を広報室の未来《みく》さんが付いてくる。

　廊下にでると百子さんが鞄《かばん》を片手に待っていた。

「申し訳ない、何度もメモを入れてもらったのに結局こんな時間になってしまった。マスコミが相手だと、つい欲張ってあれもこれも話そうとする。僕の悪い癖です」

「サービス精神旺盛な矢的《やまと》さんだもの、仕方ない。広報室がもっと時間配分を考えて調整しないと」

「すみません、タイムマネジメントができてなくて」

　未来さんの返事に私は小さく「いやいや」と首を振った。

「社長の私が記者さんの前でダーッと話し始めてしまったら、止められる人は誰もいないですよ。それは百子さんでもね。なので、時間オーバーを反省するのは私です。外出予定が入っていることは分かっていたのですから」

エレベーターに向かって歩きながら話を続けた。

「それよりも広報室の未来さんとしては、今回の取材が少しでも良い記事として露出するように努力してください。どのような仕事もタイムマネジメントは大切ですが、まずは何より成果を出すことを最優先にすべきです。この辺はコスト管理と一緒です。効果効率と言いますが、まずは効果を最大にすることを考えてください。今回であれば良い記事にして当社が目指している姿を一人でも多くの方にご理解いただけるようにすることとです。時間効率を考えるのはそれから。いいですね」

「はい」

未来さんはハッキリと聞こえる良い返事をしてくれた。

「ほら、記者さんが待ってますよ、早く応接室に戻ってください」

一礼する未来さんに見送られる形でエレベーターに乗り込んだ。

「矢的さんはやさしいですね」

「そう？」

「まったく……」

大きな溜《た》め息《いき》をつく百子さんから鞄を受け取りながら頭を掻《か》いた。

エレベーターホールから早足で玄関に出ると社用車が待っていた。

「車、回してくれたんですね」

「そりゃあ、そうですよ。社長が出かけるのに使わなかったら社用車の意味がないじゃないですか」

「でも、この時間なら走った方が早いと思います。ああ、ギリギリ間に合うと思いますけど、念のため宝田《たからだ》さんに電話をしておいてください。一木《いちき》は今でましたと」

そう言うなり駆けだした私の背中に「かしこまりました」と百子さんが短く応えた。きっと目をぐるりと回し、首を振りながら大きな溜め息をついているだろう。

ゴールデン・ウィークは終わったけれど、外国からの観光客や買い物で訪れた人などで銀座は今日も大賑《にぎ》わい。予想通り車道は酷《ひど》い渋滞で、やっぱり走って正解だ。そよそよと心地よい風が柳の枝を揺らすのを横目に見ながら『四宝堂』へと急いだ。

暑くなって上衣を脱ぐと、円筒形のポストが見えてきた。この愛らしいポストの前に文房具店『四宝堂』は所在する。相当に歴史のある建物のようだが、丁寧な手入れがなされており古びた様子は微塵《みじん》もない。

ポストの頭をポンポンと軽く撫《な》でながら深呼吸をして息を整えると、階段をゆっくりとあがり、どっしりとした木枠のガラス扉を開けた。何時《いつ》ものことだが、良い香りが私を出迎えてくれた。今日はシダーウッドを思わせる香りだった。多分、香を焚《た》いているのだが、何を使っているのかは判別がつかない。

「いらっしゃいませ」

香と同じように柔らかく耳に心地よい声が聞こえた。どうやら店主に頼まれて幼馴《おさなな》染《じ》みが応援に来たようだ。

「こんにちは」

「ほんとうに走ってこられたんですね。秘書の方からお詫《わ》びの電話がありました。ギリギリになって申し訳ないと。そして『一木は、そちらに向かって必死に走っております』と仰《おっしゃ》って……、まさかと思ったんですけどね」

思わず失笑してしまった。いかにも百子さんらしい言いぶりだ。

「お恥ずかしい。けど、ギリギリまで粘った私が悪いんです。秘書は何度もメモを入れてくれたんですけどね」

「大丈夫です、ちゃんと約束の時間には間に合ってますよ。さあ、二階へどうぞ」

促されるままに奥の階段に向かった。店内は掃除が行き届き、真っ白な壁や天井と相まって美術館か画廊のような雰囲気だ。静謐《せいひつ》な空気が満ちていて、心地良い。この一角にカウンターだけの小さなバーを開業したら、きっと流行《はや》るに違いない。そうだな、その場合、普通のバーではなく、ノンアルコールのカクテルだけを出すような、ちょっと変わった店が良いだろう。

よい場所を見るとすぐに店のことを考えてしまう。もう職業病だなと思いながら二階へと続く階段を上った。途中の踊り場には小さなテーブルと椅子が二脚置いてある。卓上にはいつも四季折々の花が一輪挿しにさりげなく飾られており、ほんの少し目に触れるだけなのに何故《なぜ》だか心が安らぐ。今日はクリスタルの花器にピンクのカーネーションだった。

二階にあがると『四宝堂』の主《あるじ》である宝田 硯《けん》さんが待っていてくれた。

「一木社長、いらっしゃいませ。お忙しいのにありがとうございます」

能舞台に立つシテのような流麗なお辞儀は、何時見ても綺麗《きれい》だなと感心する。

「本当に、ありがとうございます。本来なら御社に持参すべきと思ったのですが」

宝田さんの隣には、今回の依頼を引き受けてくれた『土筆会《つくしかい》』の白川菊子《しらかわきくこ》さんが立っていた。モノトーンの装いがショートカットの銀髪とよく似合っている。筆耕会社の社長をしながら、書家、篆刻《てんこく》家としても活躍し定期的に個展を開けるほどの人気を博している。墨の濃淡を使い分け、柔らかさの中にしっかりとした芯を感じる作風は国内はもとより海外にもファンが多いと聞く。

「いや、とんでもない。うちの事務所だと落ち着きませんから」

苦笑いをすると、釣られて宝田さんと白川さんもちょっと笑ってくれた。

「では、早速ですが、こちらにどうぞ」

硯さんに促され作業台の一角に座らされた。作業台には丁寧にアイロンがけされた真っ白なクロスがかかっている。

「念のため、こちらをどうぞ」

椅子に腰を落ち着けると手袋を渡された。

「まるでテープカットでもするみたいですね」

隣の席に座った白川さんも手袋をしている。

「しっかりと腰のある紙なので、ごく稀《まれ》にですけど手を切ってしまうことがあります。それに手の脂がついてしまうとホルダーに収めた時に目立つかもしれません。なので、ご面倒でも手袋をしていただいた方が良いと思います」

「なるほど」

促されるままに手袋をはめると、白川さんが私の前に一枚の紙を置いた。

「おお、これは……、いいですね」

A4を縦に使った紙はうっすらとクリームがかった柔らかな色調で、そこに墨書きで『感謝状』と認《したた》めてある。

「では、始めます」

私の向かい側に座った宝田さんはB4サイズの原稿用紙を作業台に広げた。これは、永年勤続表彰を受ける社員一人ひとりとの思い出を私が拙《つたな》い言葉で綴《つづ》ったもので、何度も消しゴムで消しては書き直したので、罫線《けいせん》が所々薄くなっている。なるべく丁寧に書いたつもりだけれど、これを『感謝状』にするために筆耕しなければならなかった白川さんは大変だったに違いない。

宝田さんはゆっくりと静かな声で原稿用紙を読み上げた。その、どこかNHKの深夜ラジオのナレーションを思わせる柔らかで優し気な声を聞きながら、私は感謝状を一枚ずつ確かめていった。


「はい、確かに間違いありません」

「ありがとうございます」

私の前から感謝状を下げると、白川さんは四角いホルダーに収め、さらに封筒に仕舞った。ホルダーは表紙を折り曲げると脚になり、感謝状を立てて飾っておけるような工夫がされている。今回の相談をした際に宝田さんにこう紹介されたものだ。

『山櫻《やまざくら》の「ナイスフレーム」という商品です。せっかくの感謝状ですから、飾っておけるホルダーに収めてお渡しになるのはいかがでしょう？　もちろんブック型のホルダーもシンプルで良いとは思いますが、どうしてもすぐに仕舞われてしまうような気がするのです。それでは、あまりにもったいない』

ちょっと迷ったけれど、宝田さんの提案は大正解だった。白川さんの美しい墨跡にぴったりで、これは感謝状の形を装ったアートに他ならない。なんだか、私も欲しくなってきた。

白川さんから封筒を受け取った宝田さんはそれらを段ボール箱に収めていき、そっと蓋を閉じた。

「お疲れ様でした。ありがとうございました」

宝田さんと白川さんは揃《そろ》って頭を下げた。私は慌てて立ち上がる。

「いえ、とんでもない。こちらこそ、ありがとうございました」

三人で顔を見合わせると自然と笑みが零れた。力を合わせて仕事をやり遂げて、それが上手《うま》く行ったときの充実感は、どんな仕事も一緒だなと思った。お帰りになったお客様を見送ると、店のみんなと自然と目があって、そのお互いの充実した顔に思わず笑みが零れたことを思い出した。小さな店で何時も忙しかったけれど、楽しかった。

「では、お時間が許すのであれば、お茶などいかがですか？」

丈夫です」

「はい。ぜひ、いただきます。この後は特に予定を入れないでもらっていますから大
　宝田さんは、ほっとした顔で部屋の右側に設《しつら》えられた小上がりに案内してくれた。私と白川さんが靴を脱いで座布団に落ち着くまでに宝田さんが手際よくお茶を淹《い》れる。

「わー、柏餅《かしわもち》。今年はこどもの日に食べ損ねたんだ」
　おしぼりで手を拭きながら白川さんが満面の笑みを浮かべた。

「どうぞ、お召し上がりください」
　宝田さんに促されて手を伸ばした。立派な柏の葉に包まれた餅はずっしりと重く、それでいて心地よい弾力で食感は軽やか。甘さを抑えた餡は小豆《あずき》の旨味《うまみ》をしっかりと味わうことができ、文句なしの美味《おい》しさだった。

「ああ、美味しい。いつも『食べたいな』って思っていたものを用意してもらえて、嬉しいわ。ありがとう」

「いえ、とんでもない。それにしても、今回もひとつの間違いもなく、完璧な出来栄えでしたね。毎度ながら土筆会の仕事ぶりには感服します。もっとも、ここ何年も土筆会以外に注文を出したことはないですけどね」
　宝田さんの言葉に私は深く頷《うなず》いた。

「ええ、本当に土筆会さんに手がけていただけて良かったです。実は永年勤続者を表彰するのは今回が初めてなんですけど、私が希望するような感謝状を作れそうなところが見つからなくて諦めかけていたんです。考えあぐねていたら『クラブやまと』のユリさんが『四宝堂の硯さんに聞いてみたら？』って教えてくれたのです。土筆会さんを紹介いただけて……。本当に良かったです」

私は手にしていた茶碗《ちゃわん》を置くと姿勢を正して白川さんに一礼した。

「ご面倒をおかけしたと思います。なにせ一枚一枚文面が違いますから大変だったでしょう。本当にありがとうございました」

白川さんは澄ました顔で「はい、本当にその通り」と頷いた。

「そもそも文字数が多いし英語やフランス語なんかも時おり入るから大変でした。しかも、鉤《かぎ》カッコでセリフがあったり……。あんまりにも難しいから結局全部自分で書きました。とてもじゃないけど、社員に任せたら『これ、どうしたらいいですか？』って質問ばっかりされたでしょうから。本当だったら特別料金を請求したいところですけど、あまりに良い原稿ばかりだったから、それを読ませていただいたという役得に免じてサービスしました」

「いや、本当にすみません」

「ふふ、冗談ですよ。けど、下書きをしている最中に何度か涙が零れそうになっちゃった。だって、一人ひとりの社員とのエピソード、全て一木社長の言葉で綴ってあるんですもの……。飲食業にとって日本一の激戦区である銀座でも大きく業績を伸ばしているヤマトの秘密を垣間見《かいまみ》たような気がします。白状しますけど、このお仕事をいただくまで、『飲食業界の風雲児』だなんて異名があったりするからか、一木社長って、もっと灰汁《あく》の強いイケイケドンドンな人かなって勝手に想像してました。ところがどうして、やさしい視線でちゃんと社員のことを観《み》ている温かい人だってことが原稿用紙を通じて伝わってきました」

過分な言葉とは、正にこのことだ。

「そんな大袈裟《おおげさ》な。最初に名簿を見た時は、二十年表彰が五人、十年表彰が二十二人と、結構な数だなと思ったんです。でも、一人ひとりと忘れがたい思い出がたくさんあって、どれを書こうかと随分迷いました。今のヤマトエンタープライズがあるのは、私と一緒に働いてくれた社員一人ひとりのお陰ですからね。一人当たり原稿用紙二枚以内という制限がなかったら、多分もっと長い文面になっていたと思います」

白川さんが「ひゃーっ」と可笑《おか》しな悲鳴をあげ「そうなると掛け軸にでもしないとダメね」と笑った。

「そう言えば、文面の中で社員の方へ下の名前で呼びかけてましたけど、普段から社内では下の名前で呼び合うんですか？」

白川さんの問いはもっともだ。

「はい、最初に開いたお店で働いてくれていた人もお客さんも、みんなが私のことを『矢的さん』と下の名前で呼んでくれたんで、なんとなく下の名前で呼び合うようになったんです。そのお陰かもしれませんけど、会社が大きくなっても、フランクに話し合える社風は保てているのではないかと思います。もっとも、それは社長である私の『そうあって欲しい』という願望なだけで、実際は違うのかもしれません」

「そんなことないと思います。この前、ふらっと感じの良さそうなお蕎麦《そば》屋さんに入ったんです。こんなお店あったかな？　ってところなんですけど、店員さんはキビキビと動きながらも柔らかな雰囲気で、とても居心地が良かった。お蕎麦もかき揚げも最高に美味しくて蕎麦湯までゆっくり楽しんじゃった。帰り際にショップカードって言うんですかね？　お店の名刺みたいなの、あれがレジに置いてあったからもらったんですけど、それを見てびっくり、筆耕をご注文いただいたヤマトエンタープライズのお店だったんですから。あんな一生懸命にお客さんのことを考えて雰囲気の良い店作りをしてるんだもの、一木社長の想いは社員の皆さんに伝わっていると思います」

どうやら先月オープンした蕎麦居酒屋『時そば』のことのようだ。

「そうだ、宝田さんも白川さんも、私のことは矢的と下の名前で呼んでください。どうも一木社長と呼ばれるのに慣れませんで」

宝田さんと白川さんが顔を見合わせた。

「お客様を下の名前でお呼びするのは、私も慣れておりませんが……。では御言葉に甘えまして矢的さんとお呼びします。ぜひ、私のことも硯とお呼びください」

「そうねぇ、じゃあ私も菊子でお願いします。よく考えたら海外の知り合いは、みんな私のことを勝手に菊子って下の名前で呼んでるわ。なんでだろう？」

菊子さんは不思議そうな顔で首を傾《かし》げた。

「実は私もひとつ気になったのですが……。なぜ原稿用紙に手書きなのでしょうか？オリジナルの原稿用紙を販売しておきながら、こんなことを申すのも何なのですが、今どき珍しいかと。特に一木社長……、いえ、矢的さんはお忙しいのですから、ワードか何かでお作りになるのが普通かと」

ふと気が付いたといった様子で硯さんが口を挟んだ。

「いや、その……。うちはレポートを書く際は原稿用紙に鉛筆を使うっていうルールなんです。飲食店は意外と手書きする機会が多いんです、領収書とか『今日のおすすめ』を黒板に書いたりとか。なので丁寧に字を書く練習は大切なんです。それに『あれ？　あの字って、どう書くんだっけ？』と調べなければ書き進めることができなかったりしますので、頭の体操にもなりますし。まあ、ある意味で社員教育みたいなものです。もちろん、大変なんですけどね。なので、率先垂範すべく私も原稿用紙に鉛筆で手書きをするようにしているのです」

「凄《すご》いわねぇ。でも、原稿用紙なんて中学の作文以来久しく使ってないわ。今度、何か書き物をしなければならない時に使ってみようかしら。……でも、作文って苦手だったな。だって、考えていることが透けてしまいそうで怖いんだもの。もっとも、人が書いたものを読むのは好きだったけど。普段は乱暴な子が繊細な言葉選びをしたり、逆に大人しい子が大胆な話を書いたり、意外な一面を知ることができて面白かった」

菊子さんの声はしみじみとしていた。物静かで穏やかな雰囲気の女性だが、その観察眼はとても鋭い。彼女の目に私はどのように映っているだろう。

「正直に言うと、私も作文は苦手でした」

「えっ、まさか。あんなに感動的な文章をお書きになる矢的さんに限って……。にわかには信じがたいです」

硯さんが大袈裟にかぶりを振った。

「いえ、本当です。でなかったら、あんなに何度も書き直してません。まあ、でも、得意とは言えなくても嫌いではありませんね、文章を書くことは。自分が考えていることや気持ちを整理することができますから。書くことは考えることに他なりませんし、考えることとは、結局のところ自分自身と向き合うことなのだと思います」

「いわゆる自己観照ですね」

「そうかもしれません。……作文にはちょっとした思い出がありまして。中学生の時に、私が書いた作文を褒めてくれた先生がいたんです。それがとても嬉しくて書くことが好きになりました」

「どんな方なんです？　その褒めてくれた先生って」

菊子さんはじっと私の顔を見つめた。菊子さんの問い掛けはまるで催眠術師のようで、思わず何でも話してしまいそうだ。

「誰にも話したことはないんですけどね。なにせ、もう三十年以上も前のことですから。昔話もいいところです」

「あら、昔話大好きよ」

菊子さんの優しい言葉に思わず顔が綻《ほころ》ぶ。窓の外を見やると、青い空が見えた。

私が育ったのは古い家屋が建ちならぶ小さな町だった。そんな小さな町でさえ小学校も中学校も同学年には大勢の子どもがいた、そんな時代だった。そんな時代のそんな町が急激に変わって行く中で私は思春期を迎えた。

私は母と祖母の三人暮らしで、四畳半と六畳の二間に小さな台所がついた古い木造アパートに住んでいた。くわしいことは教えてもらったことがないのだが、父は私が生まれて間もなく急逝したそうで、母は地元の工場で事務員として働いていた。祖母も近所のお寺や神社から回してもらう内職で少しばかり稼いではいたが、家計は常に苦しかった。

もちろん中学は地元の公立校に入学したのだが、制服や鞄を買うことができず、近所の人のお下がりで何とか間に合わせた。当時でもそんな家は珍しく、少しばかり肩身の狭い思いをしながら入学式を迎えたことをよく覚えている。

社会に出てから同世代の人たちと何かの機会に中学時代の思い出話になると、大概の人は部活や当時流行ったことについて熱く語るのだが、私にはそのような思い出が何もない。だから黙って聞いているより他にない。

部活になど入ったら練習道具やユニフォームにお金がかかるのはもちろんのこと、試合でどこかに行くたびに交通費が必要になる。だから何も部活には入らなかった。

もちろん、私の他にもいわゆる〝帰宅部〟の同級生は大勢いたけれど、そういう人たちはギターをいじったり、ラジコンやゲームで遊んでいた。もしくはドロップハンドルに変速機のついた高そうな自転車でサイクリングに出かけたり、ルアーフィッシングをしたりと、金がかかる趣味を持っている人ばかりだった。

なので放課後はいつも独りぼっち。暇そうにしていることもあって、先生方に頼まれごとをよくされた。荷物を運んだり、掲示物を貼り換えたり、保護者へのプリントを刷ったり。どれも簡単だけれども面倒くさい作業ばかりで、特に楽しい訳ではなかった。

けれど、真《ま》っ直《す》ぐ家に帰っても狭い部屋で祖母と二人っきりになるだけで、それがちょっと煩わしかった。それならば手伝いであったとしても、何かをしている方が気が紛れて良かった。

もっとも気軽に手伝いを命じる先生がいる傍らで、特別扱いをするようで好ましくないと考える先生もいて、職員室の雰囲気はいつも微妙だった。『手伝いが済んだのなら、さっさと帰りなさい』と、冷たく言い放たれることもよくあったが、そんな中、棚田《たなだ》先生は何時も私を気にかけてくれた。

棚田先生は、私が入学した年に赴任してきた若い先生で専門教科は国語だった。図書室の管理主任を担われていて、一年生のころから本をよく借りていた私とは顔見知りだった。そんな先生に二年生の秋ごろ呼び止められた。

『一木は日本文学の主だったものはほとんど読んでるみたいだね。なら、こんなものにも興味があるんじゃないか？』

『なんですか？　それ』

『うん、漱石《そうせき》や鷗外《おうがい》といった文豪から現代の流行作家まで、小説家の生原稿を集めた展覧会に行ってきたんだ、そのパンフレットさ』

　手渡されたパンフレットは、B5判のカラー刷でけっこう分厚かった。それまで小説家の原稿なんて見たことはなく、とても興味深かった。

『意外と、みんな乱雑な字ですね。それに間違ったところは線で消してあるだけで、書き直したものは余白に小さな字で走り書きしてあるだけだなんて。……これを読み解かなければならない人は大変だったでしょうね』

『まあな、行書体で書いてあったりするから、ある程度の教養がないと読めないだろうね。読む人のことを考えて一文字一文字丁寧に書いてる人も中にはいるけど、売れっ子作家だったりすると、とにかく時間がないから多少乱雑でも編集者は文句を言わなかったんだろうね』

夢中になって誌面から目が離せない私に先生はやさしく教えてくれた。

『でも、原稿用紙って色んな種類があるんですね。てっきり学校で配られるものしかないのかと思ってました』

『B4サイズの紙を横に使って一行あたり二十文字、それが二十行ある四百字詰めが一般的だよな。ちなみに半分の二百字詰めを新聞や出版業界では「ペラ」とか「半ピラ」って呼ぶらしいよ』

『へぇ、二百字詰めの原稿用紙なんてあるんですか。この写真の原稿用紙は行と行の間のスペースがない代わりに一枡《ます》一枡が横に長いですね。それに罫線の色も決まりがある訳でもないみたい。これは薄い青だし、こっちは緑、これは灰色ですかね？　随分と種類があるんだなぁ。この漱石の原稿用紙には龍の図柄が付いてるんですね。飾りっ気がまったくない鷗外とは大違い。こんな所にも性格がでるんですね』

『まあね、今回の展覧会に集められたような原稿は、どれも有名な作家のものだから、原稿用紙も名入りの特注品ばかりさ。東京の老舗《しにせ》文房具店では、今でも原稿用紙のオーダーを受け付けてるらしい。ああ、先生も自分の名前を入れた原稿用紙を作ってもらえるような身分になりたいものだ』

『……名前の入った原稿用紙って、やっぱり高いんですか？』

先生はちらっと私を見やった。

『うん。だいたい百枚単位で注文を受け付けてもらえるけど、まあそれなりの値段はするよ。もちろん、お金を払えば俺でも作ってもらえるけど、立派な原稿用紙にきっと位負けしてしまう。やはり一冊でも本を出してからでないと、恥ずかしくて名入りの原稿用紙なんて注文できない』

『そうなんですね……』

私はパンフレットを丁寧に閉じると両手で差し出した。先生は小さく頷くと、少しばかり寂しそうな顔でパンフレットを受け取った。

「名入りの原稿用紙かぁ……。確かにちょっと憧れるけど、いざ注文するとなると少しばかり度胸が要るわね」

菊子さんの声に硯さんが首を振った。

「何をおっしゃってるんですか、書家として、篆刻家として個展を開くほどの菊子さんが使えなかったら、誰が使えると言うのですか？　そうだ、あとで相談して注文しましょう。すぐ手配しますよ」

「えーっ、商売っ気を出さないでいいわよ。ほら、矢的さん、早く続きを聞かせて」

そんなことがあって数日後、また棚田先生に呼び止められた。

『もし時間があるならドストエフスキーやトルストイ、スタンダールなんかも読んでおくといい。普通は大学生に薦めるんだけど君なら読めると思うよ』

誰かに本を薦められたことなんて初めてで、とても嬉しかったことを覚えている。早速ドストエフスキー全集の第一巻を手に取ると、『貧しき人々』という作品が収録されていた。後になって知ったのだが、ドストエフスキーのデビュー作で当時のロシア文壇に旋風を巻き起こした名作なのだが、その時は何がなにやらさっぱり分からなかった。ただ、図書室に収められてから随分と経《た》っているのにずっと貸し出されたことがなかったであろう本は真新しく、ページをめくるたびにパリッと心地よい音がするのが面白かった。

返却に行くと棚田先生から『どうだった?』と質問された。

『自分が幸せでないと、結局、誰も幸せにすることはできないと思いました』

先生は私の顔をまじまじと見ると『……お前、凄いな』と零した。

『俺が初めて「貧しき人々」を読んだのは浪人時代の夏だったよ。受験勉強に集中しなきゃあいけない時にドストエフスキーを読むだなんて、どうかしてると思いながらも手放せなかった。ようするに現実逃避だった訳だけど。感想は「意味不明」の一言だよ。その後、あれこれと読んでやっと意味合いのようなものが少しばかり分かったような気がした。それにしても……、お前、本当に中二か？』

『はぁ……。それにしても、最初は先生に馬鹿にされたのかと思いました。だって「貧しき人々」ですよ。まるで僕のことみたい』

棚田先生は少しばかり困ったような顔をした。

『すまん、そんなつもりはなかったんだ。気を悪くしたなら謝るよ。許してくれ』

生徒が校内で暴れるといった、いわゆる校内暴力が社会問題となっている時代だったけれど、それでも先生が生徒に謝るだなんて珍しいことだった。

『よしてください、僕が勝手にそう思っただけですから。それに読んでいるうちに考えたんです、貧しいというのは経済的なことではなく、心根のことではないかと。マカールがワーレンカを救えなかったのはお金がなかったからじゃなく、心が貧しかったからじゃないかと。……なんて、偉そうなことを言っちゃいましたけど、こんな解釈で合ってますか？』

棚田先生は黙って小さく頷いた。

「なんか、お話を伺っていて恥ずかしくなってきました。中学時代はおろか、この歳《とし》になってもドストエフスキーなんて『罪と罰』しか読んだことがありません」

「一作でも読んでるだけ凄いじゃない。私なんて『カラマーゾフの兄弟』を映画で見たことがあるくらいで、それだって内容なんてこれっぽっちも覚えてないわ」

硯さんと菊子さんが顔を見合わせて頷き合った。

「それが普通だと思います。私だって他に楽しいことがあったら読んでなかったと思います。そもそも、私の家にはテレビがありませんでした。もちろんビデオもラジカセも。小遣いもありませんからレコードの一枚も持ってませんでしたし、漫画も買えません。なので、当時流行っていた歌謡曲やドラマ、漫画や映画などを何も知らないんです。よく懐かしのドラマや歌謡曲を特集したテレビ番組がありますけど、どれもチンプンカンプンです。こんな感じですから、社会に出て初めてカラオケに連れて行かれた時は困りました。何せ知ってる曲がほとんどないのです……。やっと授業で習った『グリーン グリーン』を見つけたんですけど、それを歌ったら、みんな呆気《あっけ》にとられてました」

二人のポカンとした顔を見て、思わず中学時代の同級生らの表情を思い出した。

『なあ一木、お前は誰が一番かわいいと思う？』

どうやら女性アイドルの誰がナンバーワンかを話し合っているようだが、誰が誰だか分からないので曖昧に笑って誤魔化すしかなかった。そうやって曖昧な返事しかしない、いや、できないでいるうちに、だんだん誰からも声をかけられなくなった。

けれど、特に寂しいと思ったことはなかった。図書室に行けば棚田先生がいて、読んだ本の感想を興味深げに聞いてくれた。

その棚田先生が三年の担任であることが分かった時は本当に嬉しかった。

そんな棚田先生との三者面談が三年生になって早々に行われた。一人三十分の持ち時間なのだが、卒業後の進路について、その意向を保護者を交えて話す初めての場とあって、誰も彼もが時間をオーバーしがちだった。

私の母は仕事を中座して学校まで来てくれたけれど、前の人が十五分も延びてしまい、しきりに時間を気にしていた。

『申し訳もありません。どうぞ、お入りください』

前の生徒らが出て行くと、棚田先生はすぐに声をかけてくれた。

『一木君、今年で中学は卒業ですが、その後の進路はどのように考えていますか？』

保護者の前だからか、先生の口調は普段と違って丁寧で、声の調子も少しばかり高いような気がした。

『就職します』

手元の書類を見やっていた先生の視線がパッと私の方へと向いた。逆に母は膝の上へと視線を落とし、小さく溜め息を零したような気がした。前々から母や祖母には中学を卒業したら住み込みで働かせてもらえるところへ就職すると話してあったのだが、それが本当に私の希望なのかと気にしているようだった。

先生はちらっと母を見やると『そうですか』と応えた。

『分かりました。とりあえず就職希望としておきますが、秋の面談で方針が変わっても構いません。実際の受験は年明けですから、じっくり考えましょう』

そんな感じで十分とかからずに三者面談は終わってしまった。母は会社に許してもらっている時間までに戻れそうだとほっとした顔をしていた。

翌日、昼休みに図書室へ行くと、棚田先生が待っていた。

『一木、お前、本当に就職でいいのか？　家の都合もあるだろうけど、お前の成績なら公立の上位校を狙えるぞ。学費が心配なら特待生枠のある私立にするとか色々と方法はあるんだ、もう少し一緒に考えようや』

何時になく熱い口調に少しばかり気圧《けお》されてしまった。けれど、就職は私なりに悩んだ末の結論だった。

『ありがとうございます。けど、学費は不要でも、進学をしてしまえば色々とお金がかかるでしょう？　もう母や祖母に負担をかけるのは嫌なんです』

『……ご家族ともちゃんと話はしたのか？』

ちゃんとなんて話せる訳がない。私が進学したいと言えば、きっと母も祖母も無理をするに違いない。私にできることと言えば、就職して勝手気ままに暮らせる新しい生活が待ち遠しくて仕方がない、といった様子を装うぐらいだ。

『はい、もちろん』

私の顔をじっと見つめる先生の瞳を見ていたら、なぜだか分からないけれど涙がすーっと零れてきた。慌てて制服の袖で拭った。

『なんか埃《ほこり》っぽくないですか？』

私は誤魔化すようにして窓を開けた。校庭では友人らがサッカーボールを蹴ったり、キャッチボールをしている。水飲み場のベンチでは女子が数人ほど固まって何やらひそひそ話に興じている。みんな無邪気な笑顔で楽しそうだ。

つくづく、あの輪に入れたら、どんなに楽しいだろうかと思った。けれど、すぐに思いなおした。あんな輪に入ってしまったら、むしろ苦しいだけだ。だって、みんな、どこの高校に行くのかで悩むことはあっても、進学を諦めるか否かなんて考えてもいないだろう。

私がぼんやりと校庭を眺めている間、棚田先生は黙って待っていてくれた。貸出カードの整理でもしているのか、少しばかり書き物をしている音だけが図書室に響いた。

深呼吸をひとつしてふり向くと、私はハッキリとした声で先生に話しかけた。

『先生、お願いです。どこか良い就職先を探してください』

棚田先生は手を止めると、じっと私の顔を見つめた。

『分かった。なら、せめて定時制の高校に通わせてくれる所を探そう。お前は勉強が嫌いって訳ではないだろう？』

『ええ、まあ』

正直な話、勉強は特に好きという訳ではなかった。ただ、暇潰しに教科書を隅から隅まで読み、授業中も一緒になってふざける友だちもいなかったから真面目《まじめ》に聞かざるを得ず、ノートや鉛筆がもったいないから、なるべく小さく丁寧に書くようにしていただけだ。そうしていたら何時の間にか授業や教科書の内容をほとんど覚えてしまって、結果的に試験の成績が良かっただけだ。

そもそも本人たちは気が付いていないようだけれど、先生たちには一人ひとり癖があってそれさえつかめば出題は予想できた。例えば『なので……』と言った後に説明するところを必ず出題する人や、授業の最後に『はい、今日のふり返りです』と念押ししたところをわざと外す先生、黒板の左下に書いたものをよく出題する先生など、その人の言動をつぶさに見つめていれば、だいたいの予想がついた。

結局、先生はホテルの調理場に就職する話を見つけてきてくれた。しかも定時制高校に通っている間は残業が免除され、その上、希望する者は寮に入れるという。

「なんか、少し切ない話ね。でも、その就職先に勤めてみて、実際はどうだったの？」

「良い職場でした。そもそも、そのころすでに調理場は、中卒はおろか高卒も採ってなかったみたいで、大半は調理師専門学校卒の人ばかりでした。そんな中、私は何にもできませんでしたから、とにかく後片付けや下拵《したごしら》えを一生懸命にやりました。いわゆる雑用を喜んでやる奴《やっ》が珍しかったのでしょうね、みんなに可愛《かわい》がってもらいました。そう言えば、どんなに忙しくても『矢的、学校の時間だぞ』と夕方にはあがるように促してくれました。そうそう、高校の卒業を報告すると調理場のみんなが拍手してくれたことをよく覚えています。なので、縁あって外の世界へと出るときは、本当に悩みました。でも、今でもそのころにお世話になった人たちとはつながってます」

「もしかして、それって……」

硯さんがホテルの名前を口にした。

「ええ、そうです」

「なら、僕の先輩ですね矢的さんは」

私の顔に「？」が浮かんでいたのだろう、菊子さんが教えてくれた。

「硯ちゃんも、そちらで働いていたんですよ。彼の場合はドアやクローク、それにフロントが長かったみたいですけど」

「僕もホテルを辞めてしまうかどうか随分と悩みました。四宝堂を継ぐという大きな理由がなければ、きっと働き続けていたと思います」

彼の優雅な立ち居振る舞いの理由が分かったような気がした。

「新しいホテルが次々とオープンしているけれど、今も昔も、あそこだけは別格と言われる所以《ゆえん》ね。職場に満足してない人に良いサービスなんて期待できないもの。こんなにも優秀な二人が、辞めてしまって何年も経つのに感謝し続ける職場だなんて……、土筆会もそんな会社にしなければダメね」

「ええ、おっしゃる通りです。でも、難しいです。ヤマトエンタープライズなんて、お世話になったホテルに比べればまだまだ小さな会社なのに、まったく目が行き届かない。結局、経営者の器以上に会社は大きくならないということなのでしょう」

「ああ、つくづく四宝堂は人を雇っていなくて良かったと思います。お二人のような立派な社長が顔を合わせて溜め息をつかれている様子を見たら、とてもではありませんが、僕みたいな未熟者には務まりません」

硯さんの口ぶりに思わず笑ってしまった。

「まあ、そう言わずに人を雇ってみることですね。やはり何ごとも自分の耳目で確認し、実際に体験してみないと」

そう口にしながら、私は中学生のころに体験できなかった出来事を思い出していた。


六月に入って早々の水曜日、同学年のみんなは修学旅行に出かけて行った。不参加は私を含めて学年で二人だけ。もう一人は持病があり学校も休みがちな子だった。私の場合は単純な理由で参加費の積み立てができないから。一年生の保護者会で引き落とし口座の申し込み用紙が配られたが『悪いけど、辞退でいいかい?』と母に相談され、嫌だとも言えず、そのままになってしまった。今になって思うけれど、新聞配達のアルバイトでもなんでもやって、自分で払えばよかった。

クラスで不参加は私一人。学校に行っても授業はないけれど、登校しなければ休み扱いになってしまう。なので仕方がなく三日間ずっと誰もいない教室に通った。

特に課題が出されていた訳でもなかったので、公立の中央図書館で借りてきたガイドブックをぼんやりと眺めて過ごした。本当はみんなと一緒に行きたかった奈良や京都のガイドブックを。

そもそも「修学旅行は授業の一環」という位置づけなので、不参加でも学年集会での概要説明や、班行動の事前学習などは一緒に受けざるを得なかった。なので「修学旅行のしおり」も配られていた。

その「しおり」とガイドブックを見比べて『ああ、みんなは今ごろ大仏様を見ているのかな?』とか、『みんなで泊まる旅館って、どんなところだろう? 大浴場っていうのは銭湯みたいなものかな?』『清水寺《きよみずでら》の舞台って、そんなに高いのかな? 写真だと良く分からないな……』そんなことばかりを考えた。

金曜日、そろそろみんなが帰ってくるころだろうなという時間をさけて、普段よりも早めに学校を後にした。

家について郵便受けを開けると一通の絵葉書が届いていた。それは奈良の大仏様を下から仰ぎ見た迫力のある写真が使われたもので、差出人は棚田先生だった。

《数年ぶりに見た大仏様はとても優しい顔をしていたよ。
いつか、一木君にも見てもらいたいな》

そんなことが書いてあった。絵葉書をもらったのは初めてのことで、嬉しくなった私は枕の下にその絵葉書を置いて寝た。その晩、奈良や京都を旅する夢を見たかどうかは覚えていないけれど、その絵葉書は今でも大事に仕舞ってある。

週が明けて学校へ行くと、みんなは修学旅行の興奮が冷めやらないといった様子だった。無理もない話で、三日間ずっと一緒に行動し、色んな体験をみんなですれば団結力も高まるというものだ。当然だが、その輪に私は入っていけない。もともと独りぼっちだったけれど、さらにクラスのみんなとの間にバリアーのようなものができてしまった。何かのきっかけに『あの時のさぁ』と誰かが言うと皆が一斉に笑ったり悲鳴を上げたりするのだが、私にはさっぱり分からない。ただ、曖昧な表情で、その話が終わるのを待っているより仕方がないのだ。

その日、終業のホームルームで「修学旅行の思い出」という作文を書くようにと原稿用紙が配られた。一番後ろの席に座っていた私は、あまった原稿用紙を棚田先生に返しにいった。

『これ、あまりです。あの、僕は書かなくていいですよね？　作文』

先生は私の顔をじっと見つめた。

『修学旅行に参加しなかった三日間をふり返って何か書くことはできないか？』

驚いた。きっと、それが表情に出ていたのだろう、先生は困った顔をしていた。何か言おうと口を開きかけたが、じっと私を見つめる先生の表情は何か言いた気なのに、それをどうしても言葉にできないといった様子で辛《つら》そうだった。

その辛そうな顔が気の毒で『分かりました』と原稿用紙を受け取った。

翌日、私は『空想修学旅行』と題してガイドブックと「しおり」を眺めて過ごした三日間の様子を綴った作文を提出した。それを受け取る時の棚田先生の哀《かな》しそうな表情は今でも忘れられない。

一ヶ月ほどして『修学旅行の思い出』というタイトルのついた文集が配られた。みんなは、自分の作文がちゃんと載っているかを確認する程度にパラパラとやると早々に鞄に放り込み、まともに読んでいる様子はなかった。

けれど、私は一人ひとりの作文を丁寧に読んだ。もちろん文章の上手い下手はあって、読みにくい物もあったけれど、目的は自分の想像がどの程度合っているのかを確かめることにあったので、全ての作文をしっかり読んだ。

結局のところ、当たっていそうなところもあれば、そうでもないところもあって『実際に行ってみないと分からない』が素直な感想だった。やはり想像には限界があるということを痛感した。

ちなみに、当たり前と言えば当たり前だが、その文集に私の作文は収録されていなかった。無理もない、『修学旅行の思い出』なのだから。

文集が配られた日、私が掃除で居残っていると棚田先生が近寄り、『すまなかった』と頭をさげた。

『どうしたんですか？』

呆気にとられていると棚田先生は真面目な顔で硬い声を出した。

『文集にお前の作文が載らなかったのは先生の力不足だ。申し訳ない』

『やめてください。あんなふざけた作文が載らなくてほっとしてます。「空想修学旅行」だなんて、自分でもちょっとやり過ぎたかなって反省してたぐらいですから』

『いや、あれはしっかりとした作文だった。……一生懸命にみんなと同じ体験をしようと、自分なりに工夫したことを面白おかしく書きつつも、行間にはみんなと一緒に行きたかったという一木の想いが滲《にじ》んでいた。学年のみんなや保護者の方々に読んでもらいたいと本当に思ったよ』

あらためて頭を下げる先生に私はかける言葉がなかった。

随分と後になって知ったのだが、棚田先生は教頭や学年主任からの『作文は教科の一部であり全員提出が原則』という方針に最後まで抗《あらが》ったそうだ。しかし、まだ若く経験の浅い棚田先生の意見は退けられ、結局は私に書くようにと指示せざるを得なかった。それにもかかわらず提出させた作文を文集に収録しないという不条理に棚田先生は職員会議で大声をあげて抗議してくれたという。

「悔しかったんでしょうね、棚田先生」

菊子さんがぽつりと呟《つぶや》いた。

「クラスの一人ひとりに目を配り、誰もに光が当たり輝けるようにと必死に頑張っている先生でした。一人の人間として生徒と向き合い、自分が間違っていたら間違っていたと謝ることができる人でしたから、ベテランの先生方とは意見がぶつかることが多かったようです」

「素敵な先生ですね」

短い言葉だけど硯さんの言う通りだ。本当に素敵な先生だった。

そんな棚田先生と過ごす楽しい時間はあっと言う間に過ぎて行った。夏休みがあり、秋の運動会があり、校内合唱祭がありと年中行事が過ぎるごとに中学での生活も残りわずかとなった。

二学期の期末試験が終わると、三者面談が予定されていたが母の都合がつかず私は一人で先生に面談してもらうことになった。

ホテルからはすでに正式な入社内定の通知をいただいていたし、公立の定時制高校の試験は、真面目に受ければ合格は間違いないと言われていて、そもそも面談で特に相談することはなかった。

『別に改まって相談したいこともありませんから、面談は終わりにしてもらっていいですよ。忙しいんでしょう？　私立をあちこち受験する子のために、たくさん内申書を書かないとダメだって聞いたことがあります』

僕が席を立ちかけると先生は『まあ、そうなんだが……、ちょっと待って欲しい』と呼び止めた。その視線に促されて私は座り直した。

『一木、終業式に渡す通知表だけど、その成績はお前の本当の成績じゃないんだ』

『はぁ……』

棚田先生は青い表情で見るからに言い辛そうだった。ただ、言わずにはいられないといった様子で、訥々《とつとつ》と小さな声で説明してくれた。先生がおっしゃるには、いくつかの教科で本来であれば『5』の評定のところを『4』にされているとのことだった。

『……そうですか。まあ、いいです。3が2とか、2が1とかだったら困りますけど、成績で母や祖母から何か言われたりしませんから。5でも4でも変わりありません』

『一木、お前は本当にそれでいいのか？　本当なら、本来なら……。お前はオール5なんだぞ、学年で一番の成績なんだぞ。それが、なんで4に下げられなきゃあならないんだ。おかしいだろう！』

先生が語気を強める姿を初めて見た。絶句していると先生の双眸《そうぼう》から涙が零れた。

『すまん、すまん、本当に申し訳ない。先生にもっと力があったら、こんなおかしなことは許さないのに……。けど、今の俺は何もできない、どうしようもない……。すまない、本当にすまない』

机に手を突いて頭を下げる先生に、我慢できなくなって私は声を荒らげた。

『やめてよ！　なら先生は……。僕にどうしろって言うんです？　暴れて職員室に乱入でもすればいいんですか？　そんなの僕には無理です』

気が付けば私の目からも涙が溢《あふ》れていた。

『すまない……、すまない……』

何時までも頭を下げ続ける先生に、私はかける言葉を見つけることができなかった。

「大人になって、あれこれと世の中の仕組みというものが分かってくると、学校側が意図したことも理解できるようになりました。卒業と同時に就職し、進学先の定時制高校には一般入試でほぼ合格することが見込めている生徒にオール5をあげるぐらいなら、有名上位校への進学実績を少しでも上げられるようにと、当落線上の生徒に成績を配分しなおすべきだという大人の判断を否定できません」

「でも、本来なら定期テストの結果や授業態度などで評価すべきでしょうから……。棚田先生は理想と現実の狭間《はざま》で随分と苦しまれたでしょうね」

菊子さんが大きく溜め息を零した。

「最近、思うんです、あの時、私はどうすれば良かったのかって。理不尽じゃないかと学年主任や校長先生、教頭先生に抗議をすれば良かったのだろうかって。でも、それはそれで、きっと別な意味合いで棚田先生に迷惑をかけることになったでしょう。なので、あれで良かったと思うことにしています」

「オール5か……。そんな成績をとる人が本当にいるんですね」

硯さんが途方に暮れたような顔をした。その愛らしい表情に思わず笑ってしまった。

「硯さんって、何を聞いても大概のことはご存じだし、スマートな応対ばかりをなさるから、てっきり勉強は得意だと思ってました」

「とんでもない。ああ、でもオール3は取ったことがありますよ！　まあ、良くて4で5は……、取ったことがあったかな？　美術で一回もらったことがあったようななかったような。まあ、そんな感じです。不思議と2や1はないかな。一応、授業態度は真面目でしたからね」

「オール3で胸を張られてもね……、って、私も似たようなものだったけど。確か俳優の吉永小百合がオール5をとったことがあって、その中学の後輩にあたる劇作家の野田秀樹もオール5を取ったのに担任の先生が『あの吉永小百合がとって以来の』と枕詞をつけたお陰でせっかくの偉業が霞《かす》んでしまったってボヤいていたのをどこかで見たような記憶があるわ」

続けて菊子さんは「ちなみに、私は吉永小百合と同い年なのよ」と胸を張った。

「何て相槌《あいづち》を打てばいいのか困るじゃないですか？」

「まだまだ青いわね。その辺の応対がすらっとできるようにならないと。ああ、でも、一番の成績だったら、本来は総代として卒業式で挨拶ができたんじゃない？」

不意に思い出したといった様子で菊子さんが問いかけた。

「ええ、まあ。私に回ってくる役割だったかもしれませんが、それも成績表に応じて他の人に行ってしまいました」

卒業生総代の挨拶をする生徒は隣のクラスから選ばれた。野球部のキャプテンで有名私大の付属校への進学を推薦入学で勝ち取った浜田《はまだ》という男子だった。地元の仕事を手広く請け負っている工務店の長男で、何時もみんなの輪の中心にいる人気者だった。浜田が総代挨拶をすることに異論を唱える人はいなかったが、棚田先生は納得していないようだった。

『本来なら、総代挨拶には一木、お前が立つはずだったんだ』

卒業式の前日、体育館でパイプ椅子や演台などの準備をしながら棚田先生は残念そうな声をあげた。何時ものことながら手伝いを買ってでていた私は首を振った。

『別にいいですよ。僕がやったところで誰も喜びません。ああ、母と祖母は別ですけど。中学生活で特に目立った活躍もないし、ほとんどの保護者は僕なんて知らないでしょう。そんな奴が総代挨拶になんて立ったら混乱するじゃないですか。ここはやっぱり浜田みたいな人気者がやる方がいいと思います』

『浜田の挨拶原稿を見せてもらったけど、通り一遍な内容で面白くもなんともなかった。どうせ、式典用の参考書を丸写ししたに違いない。なんで、もっと自分の言葉で気持ちを表現しないんだろう？　きっと一木だったら、面白くも感動的な挨拶をしてくれたと俺は思うんだけどな』

体育館前方の舞台中央に設えられた演台には校章が金糸で刺繍《ししゅう》された濃紺地のクロスがかけられ、背後には国旗と市の旗が掲げられていた。その演台に手をついて棚田先生は残念そうに大きな溜め息をついた。そこは卒業式当日に校長先生が立つ位置だ。

『おい、一木。お前の総代挨拶、俺にだけ聞かせてくれないか』

『えっ？』

戸惑う私の顔を見て先生は大きく頷いた。

『でも、原稿も何も考えてませんよ』

『即興でいいよ。お前ならできるだろう？　そもそも、俺しか聞いてない。だから出来栄えなんて気にしないでいいから、何か聞かせてくれ』

『うーん、まあ、いいですけど。下手くそでも笑わないでくださいよ』

『ああ、分かった』

私は脱いでいた詰襟を羽織り直し、一番手前のパイプ椅子に座った。

『じゃあ、せっかくだから、ちょっとだけ』

私の準備が整ったことを確認すると、先生は小さく咳《せき》ばらいをしてから声をあげた。

『つづいて卒業生総代の挨拶です。本年度卒業生代表、一木矢的君』

『はい』

私は中央の階段から舞台にあがった。予行練習で浜田がしていた通りに来賓席や国旗に頭を下げてから、演台の向こうに立つ棚田先生と向き合った。

『本日は私たちのために立派な卒業式を開催いただき、心より御礼申し上げます』

そこから先は何を話したのか、よくは覚えていない。ただ、頭に過《よぎ》ったことを次々と言葉にしては吐き出した。

入学式の前日、やっと制服が手に入った。近所の人のお下がりとはいえ、ワイシャツに袖を通し詰襟のホックを留めた時、ちょっと大人になったような気がした。

中学の勉強は何もかもが小学校とは異なって、その多くが難しくなった。そして、小学生のころ、先生はみんな立派な大人だと思っていたけれど、誰もが生身の人間で、生徒に対しても好き嫌いといった感情を抱き、保護者や同僚教諭との関係に悩み、時に打算をすることなどがあることを知った。

二年生になるころから学力にはっきりと優劣がつきだし、何となくだが将来の夢が現実的になり、「プロのスポーツ選手になって年俸一億」や「芸能界で一旗揚げて豪邸を建てる」といった分かりやすいものをみんな口にしなくなった。

結局のところ中学の三年間とは、子どもだった自分にゆっくりと別れを告げる期間だったのかもしれない。もちろん、まだまだ大人には程遠いし、そんなに早く大人になんてなりたくもないけれど、少なくとも無邪気だったあの頃には戻れないことを思い知るに十分な三年間だった。

『さよなら、みんな。さよなら、先生。そして……、さよなら、小さな僕。さよなら、純真な僕。さよなら、夢見がちな僕。さよなら、さよなら、さよなら』

一礼をして顔をあげると棚田先生は目一杯の拍手を送ってくれた。

『ほら、な。一木らしい挨拶でとても良かった』

『思い付いたことを適当に話しただけだから、起承転結もない散文で聞いてる人は理解できないと思いますけどね』

『分かる奴には分かるよ。少なくとも俺の胸には響いた』

『なら、良かったです』

二人して舞台を降りると、先生が肩を組んできた。

『なんか、随分と大きくなったな。初めて図書室で見た時は小学生が紛れ込んだのかと思うぐらい、ちっこかったのに』

『だぶだぶの制服をもらったんですけど、袖もズボンの裾も目一杯に出せるだけ出してつんつるてんになってしまいました。あんまり大きいと洋服代もかかりますから、適当なところで止まって欲しいですけどね』

『背が低いことがコンプレックスの人だっているんだ。言葉には気を付けろ』

先生が私の背中をドンと叩《たた》いた。

『先生は最近横に成長してませんか？　この辺が立派になったと思いますけど』

私は先生のお腹を撫でた。

『嫌なことをいう奴だな。あのな、容姿を揶揄《やゆ》するのは駄目なんだぞ。欧米ではルッキズムといって糾弾される時代になりつつあるんだ。いずれ日本もそうなると思う』

『いや、先生が僕の背がどうのって言い出したんじゃないですか？』

『え？　そうだっけ』

二人で肩を抱き合ったまま体育館を後にした。

次の日、予定通り卒業式が行われた。普段はジャージにスニーカーといったラフな格好が多い棚田先生も、濃紺の背広を羽織りワイシャツにネクタイを締めていた。

先生が言っていたように浜田の総代挨拶は紋切り型で面白くはなかった。けれど、とても良い挨拶だった。なんと言っても学年一の人気者が緊張した面持ちでたどたどしく挨拶をしている様子は、それだけで見ている側の気持ちまで一杯にさせる何かがあった。実際に何人もの生徒や保護者が涙を流しており、借り物の言葉だったとしても、一生懸命に伝えようとすれば気持ちは伝わると知ることができ、やっぱり浜田にやってもらって良かったと素直に思った。

教室に戻ると最後のホームルームが開かれた。最初に簡単な連絡事項をいくつか説明しながら数枚のプリントが配られ、それが終わると、棚田先生は小さく咳ばらいをし『さて』と口を開いた。

『みんな、卒業おめでとう。これまで話したことはなかったけれど、みんなは俺が教員になって初めて担当した三年生なんだ。だから、今日は自分の卒業式よりも緊張した。けれど、みんなが立派に卒業証書を受け取る様子はとても誇らしかった。ありがとう。

初めて尽くしの一年で、本当にあっと言う間に過ぎてしまった。ふり返ってみれば、もっとこうすれば良かったとか、ああすれば良かったと反省しなければならないことばかりで……。俺なりに目一杯の努力をしたつもりだけれど、みんなも色々と思うところがあったかもしれない。申し訳なく思うけど許して欲しい』

先生はここで我慢しきれなくなったのか俯《うつむ》くと口元を手で覆った。クラスの女子の一人が『先生、頑張って！　私が泣いてないのに、なんで先生が先に泣くのよ』と声をあげ、そのまま泣き出してしまった。

『すまん、すまん、どうも先生は涙もろくてダメだな……。うん、そうだな、せっかくのお祝いなのに涙は似合わないな。じゃあ、卒業生の担任らしく餞《はなむけ》の言葉を贈りたい。でも、まあ、みんなはすぐに忘れちゃうだろうけどな』

さっきまで泣いていた女子が笑いながら『先生、ひどーい！』と言い返した。棚田先生は嬉しそうな顔で頷くと、黒板に大きく『有難い』と書いた。

『大見得を切ったけれど、俺が贈りたい言葉は「ありがとう」だ。餞の言葉とも呼べないようなありふれた言葉だけど……。「ありがとう」は「有難い」が転じたもので、「有難い」は漢字で書き表した通り「有ることが難しい」だ。つまり「なかなかない」ってこと。俺たちは普段何気なく使っているけれど、本来の意味はとても重たい。ちなみに「ありがとう」を英訳すると、なんだ？』

誰かが『サンキューです』と答えた。

『うん、そうだな。英語の試験があったら、そう書かないと正解にはならない。けど、「サンキュー」のthankの語源はthinkで、だから「サンキュー」は「あなたのことを考えています、想っています」だとされている。もちろん諸説あるんだけど……。言葉というのはそれぞれ成り立ちが違うから、似てる意味合いの言葉をあてがって訳してはいるけれど、その言葉に込めた想いは大きく異なることが多い。

少し脱線したが、今日はみんなに自分という存在の「有難さ」を考えてもらいたい。そもそも、元気に十五歳まで育ち、義務教育である中学を卒業できることは、たくさんの幸運が重なったからだ。もしかしたら、病気に罹《かか》ったり事故にあって中学卒業前に亡くなっていたかもしれない。あるいは、昔の日本のように戦火に見舞われていたら、学校も閉鎖されてしまうだろう。無事に中学を卒業できたことは、本当に「有難い」ことだと、みんなにちゃんと理解してもらいたい』

いかにも棚田先生らしい言葉だった。

『最後にひとつ、先生からお願いだ。家に帰ったらご家族に「ありがとう」って言って欲しい。みんな、それぞれにご家族には心配も苦労もかけた十五年のはずだから』

先生が深く頷くと学級委員が号令をかけた。

『起立!』

先生は教壇から降り、姿勢を正した。

『礼! ありがとうございました』『ありがとうございました』

予行練習をした訳でもないのに、みんなの声が揃った。大きくはっきりと、凛《りん》とした空気を纏《まと》ったその声が先生の胸に飛び込んで行くような気がした。

私たちが頭をあげると、先生はゆっくりと教室を見回し生徒一人ひとりの目をじっと見つめた。

『ありがとうございました』

その棚田先生の澄んだ声は、私の心に静かに静かに沁《し》み込んでいった。


みんなが三々五々教室を後にするのを見送りながら、先生が声をかけてくれた。

『最後の最後まで悪いんだが、荷物運びを手伝ってくれないか？』

両手で段ボール箱をかかえた先生が視線で示した先には紙袋がひとつ置いてあった。

『ええ、いいですよ』

紙袋を手に一緒に教室を出て職員室へと続く何時もの廊下を歩いた。

『こうやってならんで歩くのも最後ですね』

『そうだな、一木には随分と手伝ってもらった。助かったよ』

『でも、生徒に手伝いをさせるのを嫌がる先生もいるみたいですけど？』

『まあな、色んな考えがあるから。でもな、その考えの違う人と、どうやったら上手くやれるのか？　ってことを考えるのが知恵ってものだと思うけどな。もちろん、相手の言い分ばっかり聞いてたら疲れちゃうし、嫌になっちゃうから、主張するところは主張して、妥協するところは妥協する。なんて、偉そうに言ったけど、俺はどうもダメだな。合わない奴とはトコトン合わない。だから俺のせいで一木は損をしたかもしれない。本当にすまないと思うよ』

そんな話をしているうちに職員室に着いてしまった。

『失礼します……』

そう口にして先生の後に続いたが、意外なことに主だった先生方は誰もいなかった。

『ありがとう』

私が差し出した紙袋を先生は受け取った。

『さっき聞いた話からすると、僕はしょっちゅう手伝いをしてましたから、有難くはないですね。ありがとうの反対語って、当たり前ですかね？』

『まあ、そうだな。でも、どんな時も嫌な顔一つせずに「いいですよ」って言って手伝ってくれる一木に何度も助けられた。そんな生徒に恵まれることは、やはり有難いことだと思う。本当に、いろいろとありがとう』

『嫌だな、僕だって何か楽しい予定でもあったら、断りましたよ。けど、僕には何もない。だから、先生に何か用事を頼まれるのが、正直ちょっと嬉しかった。なので、僕の方こそ、何かと目をかけてくれる担任の先生に出会えただなんて、本当に有難いことだったと思います。あらためてですけど、ありがとうございました』

先生は満面の笑みを浮かべると、私の肩をポンと軽く叩いた。

『ああ、そう言えば、一木に渡そうと思ってたものがあるんだ』

先生は引出しから封筒を取り出した。

『渡す前にクイズをひとつ。問題です！　封筒の数え方を答えなさい』

棚田先生は私の反応を楽しむような顔をした。

『それって、封がしてありますよね？　であれば一封、二封です。中身が空の状態なら一枚、二枚。じゃなかったでしたっけ？』

『正解！　って、普通はさ、「えーっ、分からない……」ってなって、俺が偉そうに蘊蓄《うんちく》を垂れる場面なんだけど。まったく一木の博学には恐れ入るよ。ちなみに、請求書や手紙が封入されているものは一通、二通と数える。はい、それでは賞品です』

差し出されたそれを私は大袈裟に両手で受け取った。

『なんですか？　これ』

裏返してみるとわざわざ糊《のり》で封がされていた。

『うん？　まあ、ちょっとしたものだ』

先生は少しばかり照れ臭そうな顔をした。

荷物をまとめて教室を後にすると、ホームルームが終わって一時間近くが経っていた。校門の前で何人かの卒業生が下級生から花束をもらったり、記念撮影に応じたりしていた。その横を邪魔にならないように足早に通り過ぎようとした時だった。

『一木、ちょっと待ってくれよ』

声の主は浜田だった。

浜田は野球部の仲間に花束などを託すと、私のところに駆けよって来た。

『総代挨拶、お疲れ様。とても良かったよ』

私は素直な気持ちを伝えた。

『いや、何度も練習したつもりだったけど、あまり上手くできなかった……。それよりも、一木に謝るというか、言わなければならないことがあるんだ』

『なに？』

『いや、その……。成績をお前から融通してもらったって話を聞いたんだ』

『えっ？　誰、誰がそんなことを言ってるの？』

ほんの一瞬、棚田先生の顔が過った。

『それは言えない。でも、先生や同級生ではないよ。……実は本来なら、お前につくはずだった「5」を俺に回してもらって、代わりにお前が「4」にされた教科がいくつかあるって聞いたんだ。知っていると思うけど、俺は野球推薦で高校に行くんだけど、そこの方針で合否は野球の腕前で半分、残り半分は内申点で決まることになってるんだ。九教科・満点四十五のうち四十二以上でないと推薦してもらえない』

『へぇ……』

浜田は総代挨拶の時よりも緊張しているようだった。普段は明るく朗らかで、学校一の人気者を絵に描いたような奴なのに、私の前で身を強張らせている。

『本当にごめん、申し訳ない』

『いやいや、そんなことないと思うけど。だって成績は試験で決まるんだよ、そんな融通するなんて話、ある訳がない。浜田をやっかんだ奴が流したデマだよきっと』

『そうであって欲しいと思うけど……。実は、俺も昨日はじめて知ったんだ。かなり具体的な話で正直なところショックだった』

『卒業式で総代挨拶をする人に、なんてことを言うんだろうね。でも、さっきも言ったけど、そんな話は知らないし、もし知ってたら激怒してるよ』

なぜだか分からないけれど、勝手に口から嘘がでた。

『嘘じゃ……ないよな？』

『うん。だいたい、君は頭が良いから、そんなウワサが流れるのさ。3や2しか取れない奴だったらそんな話にはならないだろうからね』

『……だといいけど。でも、一木がそう言ってくれて、少しだけど気が楽になった』

浜田は姿勢を正すと『ありがとう』と頭を下げた。その姿を見て、何時もみんなの輪の中心にいるだけあって良い奴だなと思った。

『よしてよ、僕は、なにもしてないんだから。それよりも、進学するのは強豪校なんでしょう？　そこでも活躍できるといいね。もしかしたら、将来自慢できるかな、「中学で同学年だった奴が甲子園に出場してプロになったんだよ」って』

『おいおい、あんまり期待しないでくれよ。レギュラーはおろかベンチに入るのだって大変なんだから』

浜田は苦笑を漏らしながら生徒手帳を取り出し、何かを書き付けると千切った。

『明日から野球部の寮に入るんだ。これ、そこの住所。良かったら手紙をくれない？』

『えっ？』

『意外に思うかもしれないけれど、俺は本を読むのが好きなんだ。でも、周りには読書が趣味って奴が誰もいなくて……。だから、感想を話し合ったり、お薦めの本を交換し合ったりってことをしたことがない。実は一木が図書室で棚田先生と本の話をしているのを何時も羨ましく見てたんだ』

とても意外で驚いた。渡された紙には住所と一緒に「浜田十郎《じゅうろう》」と書いてあった。

『今日の総代挨拶でも思ったんだけど、十郎ってカッコいい名前だよね』

名簿か何かで見ているはずだけれど、あらためて見ると珍しい名前だなと思った。

『親父《おやじ》は一郎って名前なんだ。「俺の十倍大きな男になれ！」ってことで十郎なんだって。大きな男になれと言う割に、細かなことに口出しをして、俺に断りもなく勝手に話を進めてしまう。実は進学先は親父の反対を押し切って自分で探してきたんだ。寮があって、練習がメチャクチャ厳しいところをね。何時までも実家にいて甘やかされてばかりいては、まともな大人になれそうもないから。軍隊みたいなところに入って鍛え直そうと思って』

『偉いね』

寮に入る理由も様々だなと思いながら私も生徒手帳を取り出すと寮の住所を書いた。

『僕も就職先の寮に入るんだ』

『一木の下の名前はこれでヤマトって読むの？』

『うん、矢と的で矢的だよ。戦艦大和の大和でないってところが、ちょっと変わってるでしょう？　「矢で的を射抜くような利発な人であって欲しい」っていう父さんの願いが込められてるって聞いたことがある。うちは僕が小さなころに父さんは死んでしまってるから、母さんから聞いた話なんだけどね』

待っていた野球部員が浜田に声をかけてきた。

『もう、行かないと。じゃあ、また』

『うん、じゃあ、また。ありがとう』

なんで、もっと早くに声をかけてくれなかったんだろうと遠ざかる背中を見ながら思った。もしかしたら、違う三年間を過ごせたかもしれないのに。


「浜田十郎って、あの甲子園で大活躍した浜田十郎？」

菊子さんの声が裏返った。

「ええ、あの浜田十郎選手です。春夏連覇したエースで四番。甘いルックスでアイドル顔負けの人気でしたよね。もっとも大学時代に肘を故障してしまってプロには進めませんでした……。大学卒業後は銀行で働いていたのですが、上場準備をする際に頼み込んでうちに来てもらいました。今は執行役員として人事や経理財務、広報などの本社部門を統括してもらってます」

「文通が続いたのですね？」

硯さんの柔らかな声に頷いた。

「ええ、読んだ本の感想が大半で、それに少し近況を書き添えるといったものばかりでしたけど。メールやSNSが広まってからも、なぜか手紙でのやり取りを続けてました。意外と二人ともアナログなんですね、昭和生まれだからかな？」

私と菊子さんが顔を見合わせて頷く横で硯さんが困った顔をした。

「物心がついたころには平成でしたが、僕も一応昭和の生まれなんですけどね。ところで、棚田先生から渡された封筒の中身は何だったんですか？」


家に帰り先生からもらった封筒を開けてみた。中からは青い画用紙で作られた表紙のついた原稿用紙が出てきた。表紙には筆で『空想修学旅行』と記されている。さらにクリップで一筆箋が留めてあり、「とても良い作文でした。学年全体の文集に収録することができず本当に残念です」と書いてあった。

表紙をめくると『目次』がつけてあり、『空想修学旅行』のあとに『解説・棚田文《ふみ》男《お》』と続けてあった。

解説文は原稿用紙に青いインクで書かれており、とても綺麗な字だった。一文字も間違いを直した跡がなく、一文字一文字に先生の魂が込められているようだった。私はそれを噛《か》み締めるようにして読んだ。何度も、何度も。

先生は読点の位置にまで言及し、行間に滲む心象を読み解くような解説によって、作者である私自身が気付いてもいない指摘をいくつもしてくれた。

そして、その解説は次のような文章で結ばれていた。

『このように己の境遇を悲観するのではなく、むしろ積極的に楽しもうとするところにロマンチストたる一木矢的という人物の本質が現れている。同時に『空想』と題しながら、その効用と限界に触れている点にリアリストとしての彼の別な一面も窺うことができる。これから、彼は社会という荒波に揉《も》まれる訳だが、これからもリアリストでありながらロマンを忘れない人物であり続けてもらいたいと切に願う。』

「素敵な先生ですね。作文をたった一冊だけの文集に仕上げてくれるだなんて」

思わずといった様子で菊子さんが漏らした。これに深く頷きながら硯さんが続ける。

「棚田先生は元気にされているんですか?」

「高校卒業の報告をしに行ったのがお会いした最後でした。無事に高校まで卒業できたのは棚田先生が良い勤め先を見つけてくれたお陰ですから、お礼に先生の名前を入れた原稿用紙をお贈りしました。大変喜ばれて、早速お使いになって『二十歳になったら一緒に酒を飲もう』といった内容の手紙をくれました。けど、その数ヶ月後に……。まだ若く、生まれて間もないお子さんもいらっしゃったのに」

私がそう答えると、ふと気が付いたといった調子で菊子さんが口を開いた。

「あの、私の記憶違いでなければ十年勤続表彰に棚田さんて苗字《みょうじ》の方がいらっしゃったような気がするんですけど？」

「お気づきになりましたか？」

「ええ、確か棚田未来さん」

「ご推察の通り棚田先生のお嬢様です。店舗スタッフを経て、今年から広報を担当してもらっています。先月、学生時代の友人と結婚されて、その披露宴で主賓挨拶に立ったのですが、この場に棚田先生がいらしたらと思ったら感極まってしまって、まともに話ができませんでした。いや、やはり挨拶は苦手でして、本当は十郎さんに代わってもらいたかったぐらいなんです」

「きっと、棚田先生も矢的さんが挨拶なさったことを喜ばれていると思います」

硯さんの声に頷きながらも菊子さんが心配そうな顔をした。

「でも、そんな涙もろい人が創立記念式典で永年勤続表彰なんて大丈夫ですか？　予言しますけど、絶対に矢的さんは泣き崩れるでしょうね」

菊子さんの指摘通りで、それが少し心配だった。

「さすがに今回は……。でも、目の前に本人がいたら我慢できないかな？」

「どうでしょう？　一人ひとり文面が違いますから、お名前を呼び上げて『以下同文』って誤魔化す訳にもいきませんしね」

「うーん、これはちょっとマズいなぁ。練習しないと……」

私の困り顔に硯さんと菊子さんは顔を見合わせて微笑《ほほえ》んだ。


外にでると、すでに日は大きく傾いていた。百子さんが手配してくれたようで、店の前には社用車が待っていた。

「あの、こちらはトランクに積んでしまってよろしいでしょうか？」

硯さんは感謝状を詰めた段ボール箱を抱えていた。

「いえ、大切なものですから座席に載せて帰ります」

箱を受け取ると、後部座席にそっと置いた。歩道に向き直ると、見送りに立った硯さんと菊子さんの横を、中学生らしき制服姿のグループが通りかかった。

中学生たちは手にしたスマホで地図を確認しながら、きょろきょろと辺りを見回している。一人が通りの先を指さし「あっ、ほら、多分あっちだよ」と声をあげ走りだした。他のみんなも慌てたように後を追いかけた。

「今どきは紙の地図じゃなくてアプリなんですね」

菊子さんは小さく溜め息を漏らした。

「先生に直《す》ぐ連絡できますし、迷子にもなりにくいでしょうから。便利なものです」

硯さんの返事に頷きながら私は言葉を重ねた。

「それより最近では修学旅行の訪問先が海外という学校もあると聞きます。もちろん外国文化に触れることも有意義だとは思いますが。日本にも素晴らしいところがたくさんありますから、まずはそのような所を訪れて欲しいですね」

そう話していて思いついた。これは、すぐに会社のみんなに相談しなくては。

「では、これで失礼します」

私は一礼すると車に乗り込んだ。

＊　＊　＊　＊　＊

柳の青葉が目に眩《まぶ》しい季節になった。もう少し経つと梅雨《つゆ》入りし、さらに緑が濃くなる。季節の変わり目であり、また夏に向かって観光客が増える時期に備えて四宝堂文房具店の主、宝田 硯は品揃えの見直しに余念がない。今日は絵葉書の入れ替えをしているようだ。そこへ顔なじみの郵便局員が配達物を届けにきた。

「まいどー、こちらに置いておきますね」

会計カウンターに郵便物の束を置くと局員は足早に帰って行った。その背中に「ありがとう」と声をかけ、輪ゴムで束ねられた郵便物を手に取った。その多くは請求書や取引先からの案内といった普段よく受け取るものだったが、一通だけ見慣れないB5サイズの封筒があった。

差出人の欄には中央区銀座のヤマトエンタープライズの本社住所と合わせて「一木矢的」と記されていた。しかし切手に押された消印は京都府内のものだ。

硯は受付カウンターの内側に回り、鋏《はさみ》を取り出すと封を切った。中からは二つ折りにされた数枚の原稿用紙と記念写真が入っていた。

《前略　過日は大変お世話になりました。

お陰様を持ちまして無事に永年勤続表彰を終えることができました。

感謝状を受け取った二十七名は皆大変喜んでおり、

苦労して原稿を考えた甲斐《かい》があったと安堵《あんど》しております。
自宅に持ち帰って家族に披露した社員が
「いい会社に勤めたね、と褒められた」と言っておりました。
これも偏《ひとえ》に硯さん、菊子さんのお陰と存じます。
本当にありがとうございました。

さて、実は永年勤続表彰の副賞を考えあぐね、
当初は商品券などを候補にしておりました。
しかし、それではあまりに味気ないと考え直し、
受賞者全員と「大人の修学旅行」と称し、
二泊三日で奈良・京都に出かけることにしました。
そう、私にとって初めての修学旅行です。
受賞者は「また、矢的さんが突拍子もないことを言い出した」と
呆れていましたが、現地ではそれなりに楽しんでいるようでした。
お察しのように、この修学旅行は硯さん、菊子さんとの
対話から思いついたものです。

本当に良い刺激をくださり深く感謝申し上げます。

本来ならお店にお邪魔して直接御礼を申し上げるべきですが、京都でいくつか良さそうな物件を見つけてしまい、東京に戻らずに開店に向けた準備を始めた次第です。

具体的なオープン日程が決まりましたらご案内をしますので、少々遠方ではありますが、ぜひご来店ください。

まずは取り急ぎ御礼と御連絡まで。

草々》

同封されていたのは清水の舞台を背景に撮影された集合写真だった。本来なら社長である一木は最前列の真ん中に納まっていてもよさそうなものだが、添乗員か引率教諭と見間違えてしまうほど端の方に立っている。

東京は銀座に位置する老舗文房具店『四宝堂』。その主は、この温かな空気を切り取ったような写真に、思わず頬が緩むようであった。

# フィールドノート

一生懸命に夜更かしをして、少しでも起床時間を遅らせようと頑張るのだが、どうしても目が覚めてしまう。無理もない、三時前に起きて身支度を整え、誰よりも早く仕事場に立つ毎日を半世紀以上も送ってきたのだ。今さら直る訳がない。

若いころは二度寝もできたけれど、この歳《とし》になるとそれも難しい。寝床でじっと天井を眺めていても、ちっとも眠くならない。

あきらめて体を起こしカーテンを開ける。大きなビルの陰に隠れて見える訳でもないのに、どうしても店がある方角を眺めてしまう。ああ、ちゃんとボイラーに火は入っただろうか。生地を焼くための銅板の調子はどうだろう。今日は少しばかり気温も湿度も高くなりそうだから、米や小豆《あずき》の吸水時間を昨日とは変えた方が良いに違いない……。思わず自分に呆《あき》れて笑ってしまう。先週から仕事場への出入りを控えたが、結局、あれこれと心配ばかりしている。

やはり私に暇を出すという若旦那の判断は正しいだろう。居続ければやがて口うるさくなり、若い世代を萎縮させてしまうに違いない。

若い人たちは経験が乏しい故に恐れを知らない。だからこそ、新しいことが始められる。何と言っても若い人たちには思いついたことを試す権利がある。それはとりもなおさず失敗をする権利に他ならない。

けれど、残された時間の少ない年寄りは失敗をひどく嫌う。そして、これまではこのやり方で上手《うま》くいったからという理由だけで過去のやり方に固執する。時代が変わり、環境が変わり、原材料もお客様さえも変わったというのに。若い人たちが必死に考え抜いた新しい取り組みを試しもせずに否定する。

職人の仕事は、現場で失敗することによって進化する。試行錯誤をしなくなったら、それはただの作業であり仕事ではない。これは『兎堂《うさぎどう》』に入ったころに大旦那様に言い聞かされたことだ。

『宮《みや》、お前の一番の役割が何だか分かるか？　それは失敗することだよ』

この期待されていた役割を自分は果たせただろうか。少なくとも、ここ数年は何もできていないだろう。であれば、皆から疎んじられる前に暇を出してやるというのも、若旦那らしい優しさなのかもしれない。

来週の株主総会で社長が若旦那に交代する。続けて行われる取引先向けの経営方針説明会を以《もっ》て、旦那様は引退され取締役の一人である私もお役御免となる。再来週《さらいしゅう》からは無職となる訳で、それに早く慣れなくてはならない。

さて、とりあえず今日はどうしよう？　まずはお世話になった旦那様や奥様にお礼の手紙でも書くとするか。となると、文箱《ふばこ》を預けている『四宝堂《しほうどう》』に行くより他にない。けれど、あの店の開店時刻は午前十時だったはず。まだ五時間以上もある。まずは朝食をゆっくり摂《と》って隅々まで新聞に目を通し、洗濯と掃除をする。それでもきっと三時間はあまる。さて、どうしたものだろう……。

結局、九時半には『四宝堂』に着いてしまった。幸いにも店主である硯《けん》ちゃんは通りを箒《ほうき》で掃いていた。

「おはようございます」

私に気が付いた硯ちゃんが姿勢を正して挨拶をしてくれた。若旦那と同い年だから三十代半ばのはずだけれど、二十歳のころから見た目はあまり変わらない。いつも薄い青のシャツに灰色のズボンを穿《は》き、紺や黒の地味なネクタイを締めている。今日は開店前だからかネクタイを締めておらず、足元もスニーカーだ。

「おはよう。元気そうだね」

「お陰様で。宮さんは、お散歩ですか？」

開店時刻の三十分も前なのだ、まさか店に来たとは思わなかったのだろう。

「いや、その……、ちょっと二階の机を借りようと思って。ああ、大丈夫だよ。開店前なのは分かってる。気にせずに準備してもらって構わない。なんなら、もう少し散歩してきてもいいんだ」

実はもう二時間近く歩いている。本当はこの近所にある喫茶店『ほゝづゑ』で珈琲《コーヒー》でもと思ったのだが、何でもキッチンの改装で臨時休業との張り紙がしてあった。

「いえ、お気になさらずにどうぞ。店内の清掃は終わっております。祖父の代からの御常連である宮さんを待たせるだなんてありえません。もし、そのような所業が祖父にバレたらこっぴどく叱られてしまいます」

「はは、大袈裟《おおげさ》な」

硯ちゃんのお祖父《じい》さんは先代の店主で名は硯水《けんすい》さんと言った。私よりも少しばかり年上で、数年前に鬼籍に入られた。地方から出てきた私に何時《いつ》も親切で、仕事以外のことで何か分からないことがあると、よく硯水さんに相談したものだ。

「さあ、どうぞお入りください」

硯ちゃんは箒と塵取《ちりと》りを入り口近くの壁に立て掛けると、私を誘《いざな》って扉を開けた。促されるままに店内へと足を踏み入れると、拭き掃除をしたばかりの澄んだ空気に迎えられた。固く絞った雑巾で拭き清めると、何も香りはしないのだが独特の清らかさが満ちる。ああ、『兎堂』は、今日もしっかりと掃除をしてから一日の仕事を始めただろうか。

開店前とあって店内の主だった照明は消されたままだが、窓から差し込む光が真っ白な壁や天井に反射して十分に明るい。

奥の階段の前までくると「どうぞ」といった様子で硯ちゃんが先を譲ってくれた。老舗《しにせ》ホテルで接遇の仕事をしていただけのことはあって、身のこなしは優雅だ。上りの場合は相手を先に、下りの場合は自分が先にと、常に客の安全を第一に考えて動いている。このような動きが自然とできるようになるには最低でも三年はかかるだろう。

二階にあがると空気の入れ替えをしていたのか、窓という窓が開け放たれ、柳の葉を掠《かす》めた若々しい香りに満ちていた。部屋の右側には畳の小上がりがあり、反対側の壁には床から天井まで大小様々な棚や引出しが設《しつら》えてある。窓際の左奥には古く大きな木製の机が置いてあり、その手前には同じ木材を使い固い詰め物がされた革座面の椅子が一脚置いてある。

私は何時ものように椅子に腰かけ、机に肱《ひじ》をついて窓の外を眺めた。その間に硯ちゃんは窓を閉め、直接日光が差し込むところは木製のブラインドを下ろした。

「とりあえずお預かりしている文箱と手元箱をお出ししますね」

「うん、頼むよ」

戸棚を開けかけて「ああ、そうだ」と硯ちゃんが手を止め、別の棚から何やら品物を取り出した。

「頼まれてた名入れ、終わってますけど、帰りにお持ちになりますか?」

硯ちゃんは私の前に品物を置いた。それは縦一六五ミリ、横九五ミリ、厚さ六ミリとスリムな手帳で、濃緑の表紙には金文字で「SKETCH BOOK」と刻まれている。さらに、表紙の下の方には「H.Miya」と私の名が。

「ああ、そうだったね」

すっかり忘れていた。数週間前に立ちよった際にダースで注文し、表紙に名入れを頼んでおいたのだ。けれど、もう、こんなにもたくさんは必要ないだろう。私は真新しい一冊を手にとると、表紙をそっと撫《な》でた。

私はいわゆる集団就職で上京した。中学時代の恩師に薦められるがままに和菓子店の『兎堂』に就職したのだが、東京に出てくるまで和菓子なんてお寺さんからいただく饅頭《まんじゅう》ぐらいしか食べたことがなかった。なので見るもの聞くもの全てが珍しく、どれもこれも新鮮だった。元々手先が器用なこともあって、仕事の要領をつかむのは早い方だった。そのうえ、なかなか訛《なま》りが抜けなかったこともあって、何を言われても『はい』と返事をしていたからか、素直な性格だと思われて店のみんなに可愛《かわい》がられた。

仕事を覚えると言っても『兎堂』には、いわゆる画一的な製法を定めたマニュアルがない。もちろん、保健所などに提出しなければならない各種の手順書や生産記録などは完備しているが、菓子それぞれの作り方などは、先輩と一緒に体を動かして覚える。

もちろん、一人ひとり自分なりのメモをとったり、勘・コツ・急所を書き物にまとめたりはしているけれど、それをそのまま渡して「読んでおけ」「この通り作れ」とすることは御法度だ。実際に私も大旦那様や先輩職人の手技を見様見真似《みようみまね》で盗み取り、『加減はこのぐらいだ』と耳打ちしてもらったことを必死で覚えた。

一見すると効率の悪い伝え方・教え方のようで、私も若いころは、材料などを丁寧に計量し、作り方も分かりやすい手引書にした方が良いと思っていた。けれど、菓子というものは、作る日の気温や湿度、材料の質に左右されることが多く、時々に応じて細かく調整しなければ美味《おい》しく作ることはできない。それ故に、画一的な作り方ではなく、原理原則や定石といったことだけを体得し、これを時々に当てはめて応用する方が良いということが分かってきた。もちろん、この辺を体得するまでには、試行錯誤が欠かせない訳で、経験したことを体に染み込ませるためにも自分なりに気付いたことや勘所を書き残すことは重要だ。

実際、米や小豆などの材料は、どんなに仕入先が良い物を用意してくれたとしても、品質には微妙なバラつきが生まれてしまう。天然の作物だから、本来はそれが当たり前だ。これを経験に裏打ちされた勘で調整する訳だが、その勘働きを身に付け、また調整するためにも、自分なりにメモをとることは欠かせない訳だ。特に炊《た》いたり、蒸したりといった加熱は、何を、どのような加減で、何分ぐらい火を入れたのか？　といったことを細かく記録し、頃合いを自分なりに体得しなければならない。

画一的な指示書を否定しつつ、それでいて何も書き残すなとも言わない。相反するようだが、これは職人一人ひとりの個性を活《い》かしながら育て、時代に合わせながら匠《たくみ》の技を伝承する知恵でもあるのだ。

私も最初のうちは手元にあった適当な紙切れに気が付いたことを書き付けていたけ

れど、せっかくメモしたものがどこかへ行ってしまったり、書こうと思った時に見つからなかったりと、散々な目にあった。何か良いものがないかと、あれこれと試行錯誤したけれど、なかなかしっくりとくるものに出会えなかった。

そんなある日、店の前の通りを拡張するか何かで測量が行われていた。その測量を監督していた技師の人がポケットから緑色の細長い手帳を取り出し、何かを書き付けている。その様子がスマートで格好良かった。

『申し訳ございませんが、お邪魔してもよろしいですか？』

私は自腹で『兎堂』名物のどら焼きを買い、お茶と一緒に測量している人たちの所へと持って行った。

『お疲れ様でございます。お茶と菓子を用意しました、お召し上がりください』

店内の普請《ふしん》に出入りしている工務店の職人さんならいざ知らず、通りを測量している技師さんにお茶を出すなんてのは、滅多《めった》にないようで、大変に驚かれて恐縮しながら召し上がってくれた。

その様子を眺めながら私は切り出した。

『あの……、その緑色の手帳は何でしょうか？　技師の方でないと手に入らないような特別なものでしょうか？』

私が恐る恐るといった様子で尋ねると、監督さんは『これかい？』とポケットから手帳を取り出した。

『これは「野帳《やちょう》」と言うんだ』

『やちょう？』

『うん、野山の「野」に手帳の「帳」で「野帳」。いわゆるフィールドノートさ。もともとは私たちみたいな技師が外で使いやすいようにって開発されたみたいだけど、コクヨというノートの会社が作ってるものだから文房具店に行けば誰でも買えるよ』

手に取らせてもらうと、表紙はしっかりとした厚紙で立ったままでもメモが取りやすそうだった。それに中紙もしっかりとしていて、これなら少しばかり濡《ぬ》れたりしても大丈夫だろう。

『私は仕事の兼ね合いで、専用の罫線《けいせん》が引かれた「レベルブック」というものを使っているけれど、普通の人は三ミリの方眼が切ってある「スケッチブック」というタイプが使いやすいと思うよ。私も見取図なんかを描かなければならないときは「スケッチブック」を使うようにしている。ああ、そうだ、昨日買いに行ったばかりで何冊か予備を持ってるから、一冊進呈するよ。美味しいお菓子とお茶のお礼にね』

監督さんは鞄《かばん》から真新しい「野帳　スケッチブック」を取り出した。

『ありがとうございます！』

棚から牡丹餅《ぼたもち》ならぬ、鞄からフィールドノート。いやいや、海老《えび》で鯛《たい》を釣るならぬ、どら焼きでフィールドノートだろうか？　いずれにしても、こうして手にした「野帳」は私の手にしっくりときて、以来ずっと仕事場での相棒となった。


「あの、大丈夫ですか？」

硯ちゃんの声でふと我に返った。

「ああ、うん、ごめん。大丈夫だよ」

私の元気のない返事に硯ちゃんは少し驚いたようだった。

「どうされたのですか、ぼんやりされて。それに良く考えたらお仕事はよろしいんですか？　特に午前中はお忙しいはずだったかと……」

「あれ？　硯ちゃんは聞いてないのかい。つい先日、若旦那から暇を出されたんだ」

私は来週一杯で兎堂から身を引くことになったとかいつまんで説明した。

「それは初耳です。そう言えば三日ほど前に一太《いちた》が来たので、あいつにも名入れを頼まれていた野帳を渡したのですが……。その後、しばらく書き物をしてました。まぁ、一太にとって、うちは勝手知ったる何とやらですからね。その辺の棚を漁《あさ》ったりして何やら難しい顔で考え込んでましたけど。そんなことがあったのですか。いや、まったく聞いておりませんでした」

「多分だけど、新社長としての挨拶文でも書いてたんじゃないかな」

「でも宮さんに暇を出すだなんて……。すでに経営の大半を取り仕切っているとはいえ、社長として負わなければならない責任の重さは次元が違うでしょうから。宮さんみたいな重鎮には残って補佐してもらう方が安心だと思いますけど……」

硯ちゃんは眉を顰《ひそ》めて首を傾《かし》げた。その真面目《まじめ》なのに、どこか愛嬌《あいきょう》のある表情と仕草は小学生のころから変わらないなと思った。

「若旦那なりに熟慮されての結論だろうから、潔く身を引くよ。そんな訳で、これからは若旦那が困っていそうな時は、硯ちゃんが助けてやって欲しいんだ」

「はぁ、まぁ、それは構いませんが。しかし、仕事のことについて、一太が宮さん以外の誰かに相談したり助けを求めるだなんて考え難《にく》いですが……」

返事に困った私は窓の外へと視線を外した。風が強くなったようで、柳の枝が大きく揺れている。そのばさばさとした音がなぜだか若旦那の声のように聞こえた。

『ねぇ、宮さん、宮さんってば』

『兎堂』は元禄《げんろく》年間に創業し、代々の店主は「宇佐美喜兵衛《うさみきへえ》」を名乗る仕来《しきた》りとなっていて、私が奉公を始めたころに店主だった大旦那様は九代目だった。優しい奥様との間に十歳の男の子と八歳、五歳の女の子がいた。後に十代喜兵衛となる旦那様は妹ばかりでつまらなかったらしく、中学を出てすぐに『兎堂』に入った私を実の兄のように慕ってくれた。

普通、住み込み修業と聞くと辛《つら》い話ばかりを耳にするものだが、私にはまったくそのような記憶がない。きっと大旦那様や奥様、そして坊《ぼっ》ちゃんたちに温かく迎えてもらったからに違いない。なので、十年の年季明けでアパートに引っ越さなければならない時は、東京に出てくるときよりも寂しくて涙が零《こぼ》れた。

『あのなぁ、普通、年季明けで住み込みが解かれたら、晴れ晴れとした顔で出て行くもんだぞ。それに、いくら通勤がしやすいからって佃《つくだ》は近すぎるだろう？　ここから自転車で十分ちょっとだなんて』

あの時の大旦那様の呆れた顔は今でもよく覚えている。

それから、あっと言う間に四半世紀が過ぎ、大旦那様は代を譲り、坊ちゃんが旦那様として十代喜兵衛を襲名された。その時は銀座の老舗ホテルの宴会場を貸し切り、盛大な襲名披露宴が行われた。

その襲名披露の際に、大旦那様、旦那様にならんで挨拶したのが、今回の社長交代をもって十一代宇佐美喜兵衛を襲名する若旦那こと一太坊ちゃんだ。

若旦那は上に二人お姉さまがいらっしゃる三人姉弟《きょうだい》の末っ子で、絵に描いたような腕白小僧だった。けれど、その腕白ぶりが可愛くて私は暇さえあればお相手をした。幼稚園の送り迎えはもちろん、休みの日に動物園に行ったり映画を見たり、自転車に乗れるようになる特訓も私が付き合った。

『宮さん、僕が「いいよ！」って言うまで絶対に手を放したらダメだよ』

『分かりました』

『本当だよ』

『はい、分かってますよ』

『本当に？』

その真剣な顔で何度も確認する様子に何時も笑わされてしまった。けれど、そんな無邪気で楽しいだけの時間はあっと言う間に過ぎてしまう。

『兎堂』の男子は、十歳になると仕事場に入る決まりになっている。将来、店を束ねる店主として職人に任せる仕事の全てを把握するべく下働きから学ぶのだ。同時に職人たちの苦労を味わい、働くことの辛さ、働いてもらえることの有難さを身をもって学ぶ意味合いもある。代々の店主が『兎堂』で働く人たちを大切にしてきたのには、きっとそのような体験を幼いころに積んでいるからだろう。

もちろん今は江戸時代ではないので、さすがに学校に行っている時間は仕事を免除される。代わりに朝早くに起きて釜に火を入れ、前の晩に仕込んだ材料の水加減を確かめたりしなければならない。若旦那も真《ま》っ新《さら》な白衣に身を包み、誕生日の朝から仕事場に入った。

けれど、赤ん坊のころから若旦那を可愛がってきた私には、それがどうにも不憫《ふびん》でならなかった。なにせ昨日まで母親にやさしく起こされるまで寝ていたような子どもなのだ。それを早朝に叩《たた》き起こして夏は暑く、冬は凍える仕事場に引っ張りだし、重たい品物を運ばせたり、次々と出る汚れ物を洗わせたりする。

それでいて、目の前の仕事にだけ気を取られている訳にもいかない。ちゃんと職人たちの仕事を見て学ばなければならないのだ。

一ヶ月が過ぎたころ、旦那様は若旦那を呼びつけた。

『おい、一太。味見をしてみろ』

真っ白な小皿に薄く注がれた小豆の煮汁を旦那様が差し出した。

私なら色を見ただけで何が問題なのかは見当がつく。けれど若旦那は、いかに宇佐美家の血を引くとはいえ、一ヶ月ほど仕事場をウロチョロしていただけで、まだ何も分かっていない。あんな煮汁を舐《な》めたところで良いのか悪いのかさえも判断できないだろう。

差し出された小皿を両手で受け取ると、若旦那は唇をあてた。

『何が足りない？』

『……お砂糖かな』

旦那様は大袈裟に溜《た》め息《いき》をつき、首を振る。

『塩だよ』

次の日も同じことをする。

『何が足りない？』

『塩かな……』

『煮詰める時間が足りないだけだ』

若旦那なりに一生懸命に考えるのだが、如何《いかん》せん仕事場での経験が少なすぎて解ける訳がない。

結局、毎日遅刻ギリギリになるまで仕事場で働き、握り飯をかじりながら小学校へと駆けて行く。その背中を見送りながら、私は旦那様に苦言を呈した。

『いきなり厳し過ぎやしませんか？』

旦那様はちらっと私の顔を見やると首を振った。

『何を言ってるの、俺たちに対する親父《おやじ》のしごきに比べたら甘いぐらいだよ。宮さん覚えてないの？　二人そろってアルマイトの柄杓《ひしゃく》が凹《へこ》むぐらい叩かれたこと』

『……うーん』

二の句が継げない。確かにそんなことがあった、それも何度も。

『もっとも時代が時代だから、実の親子でも手をあげたりしたら虐待だって言われかねない。そもそも仕事場で修業させているのだって、見る人によったらダメって話だろうし。けど、スポーツやピアノ、芸事なんかでも一流を目指す子は朝早くから練習しているはずだ。習い事だと良くて家業はダメってのは納得しがたいな』

『スポーツや習い事は選べますけど、家業は選べませんからね』

『とにかく、俺は一太にどんだけ憎まれても構わない。仕込まなければならないことは、きっちりと仕込むつもりだよ。でないと、宇佐美喜兵衛の名を背負った時に潰れてしまう。もっとも、俺も襲名してから、その大変さが分かったんだけどね』

実の親子なのに、可哀想《かわいそう》だなと思った。きっと旦那様も若旦那に辛くあたるだなんてことはしたくないだろう。けれど『兎堂』の看板を受け継いで行くこととは、そういうことなのだ。

大旦那様、旦那様のご恩に報いるためにも、自分は徹底して若旦那である一太坊ちゃんを支えようと思った。もちろん自分なんかに何ができる訳でもないだろうけれど。

次の日、私は「野帳」とちびた鉛筆を若旦那に手渡した。

『若旦那、なんでも構いません。旦那様や宮をはじめとする職人らが、何か言ったら書き留める癖をつけてください。あと、仕事の手順や分量、火加減など、大切だと思ったものをメモするようにしてください』

『はい、分かりました』

『メモですからね、若旦那が後で見た時に分かるような取り方で構いません。使い切ってしまったら宮に言ってください。常に手元に予備を置いてありますから。すぐに真っ新な一冊をお渡しします』

若旦那はちらっと私を見やると首を振った。

『これは最初の一冊だから、宮さんの好意に甘えていただくけど、使い切ったら自分で買ってきます。これは、どこで売ってますか?』

若旦那と呼ばれてはいるけれど、仕事場では一番の下っぱであることを理解しているようで職人には敬語で接していた。それが、私にはどうにも慣れなくて気持ちが悪いのだが、若旦那は頑として受け付けない。

『四宝堂という文房具店で宮は買い求めています』

『ああ、あそこ……。同級生の家です』

『へぇ、そうでしたか』

　確かに若旦那と同じぐらいの年格好の子が、よく店の前を掃除している。

『これ、ありがとうございます。使ってみます』

　それからも旦那様の厳しい指導は続いたが、若旦那も必死に喰《く》らいつき、だんだんと要領がつかめてきたようだった。

　けれど、小学生には普段の授業とは別に一年中あれこれと行事がある。運動会に遠足、校外学習に学芸会、合唱コンクールと隔月ペースで何かやっている。当然だが、それらにも応じながら『兎堂』の仕事もこなす訳で、遊びになんて行ってる暇はなく、寝るはずの時間もどんどんと削られてしまう。

　そんな訳で、どうしても疲れが溜まってしまうことがあった。あれは仕事場に入って一年が過ぎ、少しばかり慣れたころだった。秋も深まりつつある五年生の十一月、朝の仕込みで鍋の番をしながら若旦那は船を漕《こ》いでしまった。これまでにも何回かそのようなことがあったけれど、気が付いた私やベテランの職人らが声をかけて起こしてやっていた。けれど、その日は運悪く旦那様に見つかってしまった。

『やる気がないなら出て行け！』

普段は口数の少ない旦那様が落とすカミナリとあって、仕事場全体が静まり返る。私が慌てて取りなそうと口を開きかけると黙って首を振った。

これまでにも何度か叱られたことがあったが、そのたびに若旦那は一切の言い訳をせずに素直に頭をさげていた。実の親子でも、仕事場では師匠と弟子であることをわきまえてのことなのだろうが、小学生の子どもには頭で理解できても納得することは難しかったはずだ。

その日も若旦那は小さな声で『すんません』と頭を下げた。顔をあげると目に一杯の涙をたたえ、今にも零れてしまいそうだった。その、ぐっとこらえている表情に、私は胸が一杯になった。

叱られ慣れた若い職人なら、テキパキと動くふりをして、その場を離れてほとぼりが冷めるまで難を逃れるといった知恵もあるだろうが、若旦那は頭が真っ白になっていたに違いない。その場に立ち尽くし、まごまごとしていた。その様子が余計に腹立たしかったのだろう、旦那様は若旦那の後ろ襟をつかむと、そのまま引きずって仕事場の外に放りだした。若旦那は勢いあまって尻もちをついた。

『あっ、だっ、大丈夫ですか』

私は慌てて駆け寄ろうとした。

『宮さん、放っておきなさい』

『しっ、しかし……』

私が食い下がっている間に、若旦那はどこかへと駆けて行ってしまった。

『ちょっとやり過ぎじゃあないですか?』

私の声に旦那様は返事をしなかった。

『厳しく仕込むことは大切でしょうけど、若旦那が店の仕事を嫌いになってしまったら、元も子もないですよ。至らないところは、私ら職人が補いますから。もう少し大目に見てやってもらえませんかね』

旦那様は手にしていた道具をそっと置くと私を見やった。

『不快な思いをさせて申し訳ない。けれど……、火の番をしている時に気を抜くことだけは許してはいけない。それは将来、この「兎堂」の主《あるじ》となることが決まっている一太だからこそね。火の扱いだけは用心しなくては、火事は本当に怖いからね』

『……旦那様』

『それに、焦がしてしまったら大切な材料を無駄にしてしまう。無駄にした分、帳面に影響が出るのはもちろんだが、私たちの不注意で捨てることになってしまっては、丹精込めて豆を育ててくださった農家の皆さんに申し訳がたたない。そのうえ、やり直しで余分な時間がかかったら、約束の時間にお届けできない注文が出てしまう恐れもある。たかが火の番と思ったらダメなんだ。……まあ、宮さんにこんなことを言うのは釈迦《しゃか》に説法だけどね』

『旦那様のお気持ちは分かりました』

『もちろん、心を入れ替えた様子が見て取れたら仕事場には入れてやるつもりだ』

旦那様は私の肩をそっと叩いた。

けれど、その日に限って若旦那は夕方になっても帰ってこなかった。

『どうしましょう？　やはり、よほどにこたえたのでは』

『放っておきなさい。腹が減ったら帰ってくるだろうよ』

『そんな、犬や猫じゃあるまいし……。どこかで迷子にでもなってるんでしょうか？』

『あの子はもう十一歳なんだ、心配し過ぎだよ』

オロオロとする私に旦那様は落ち着き払った声をかけた。

『とにかく、ちょっと辺りを見てきます』

旦那様が止めるのを振り切って私は自転車で探しに出た。学校や公園、図書館や百貨店、書店に映画館、若旦那が顔を出しそうなところに足を運んでみたけれど、どこにも姿は見当たらなかった。

友だちのところだろうか？　ふと、そんなことが頭を過《よぎ》った。友だちの家で私が知っているのは一か所しかない。慌てて自転車の向きを変えると、私は大急ぎでペダルを漕いだ。

つんのめるようにして店の前に立つポストの横に自転車を停《と》めると、私は石段を駆けあがりガラス扉を開いて大きな声をかけた。

『こんちは』

『いらっしゃい。どうしたの？　そんなに慌てて』

奥から店主がゆっくりとした足取りで出てきた。

『うっ、うちの若旦那が来てませんか？　こちらの坊ちゃんと同級生だって聞いたことがあったんで、もしかしたらと思って』

『ああ、来てるよ。学校が終わってからランドセルを背負ったまま遊びに来た』

『ほっ、本当ですか？　よっ、良かった……』

腰が抜ける体験をこの時に初めてした。へなへなと床にしゃがみ込むと大きな溜め息が自然と漏れた。

『どうしたの本当に？　そんな大袈裟な』

私は四宝堂の店主である硯水さんに事情を話した。

『へぇ、そんなことがあったのかい。一太君は時々だけど硯と一緒に下校して、少しばかり遊んで行くよ。でも、いつも「仕事があるから」と、三十分もしない内に帰っていくね。それが、どうしたのか今日は随分とゆっくりだな、とは思ってたんだ』

『すみません、連れて帰りますから呼んでもらえませんか？』

『まあ、とりあえず呼んでみるけど、帰りたくないって言ったら、しばらく放っておくことだな。無理強いすると、余計に意固地になるからね、子どもというものは』

『しかし……、ご迷惑でしょうし』

硯水さんはカラカラと乾いた笑いをあげた。

『迷惑なものか。硯には兄弟がいないからね、いつも退屈そうにしてる。だから、一緒になって遊んでくれる子が居てくれるのはありがたい』

『でも……』

『まあ、とりあえず呼んでくるから、話をしてみな。けど、無理強いは禁物だぞ』

『分かりました』

硯水さんは『ちょっと待ってな』と言い置いて奥に行ってしまった。

ひとり残された私はぼんやりと店内を眺めた。関東大震災の少し後に建てられたと聞いたことがあるけれど、ただ単に古いだけでなく良い材料をふんだんに使って丁寧に設えられたことが感じられる佇《たたず》まいだ。商品を陳列した棚なども年代物ばかりで、高級万年筆がならんだガラスケースなどは、今どきなかなか見ない代物だ。

ボールペンやサインペンなどの棚の先に、手帳やメモパッドなどがならんだコーナーがあった。その一角には「野帳」も積まれていた。先週も三冊ほど買い求めたばかりだけれど、ついでに買って帰ろうかと手を伸ばしたところだった――。

『宮さん……』

ふり向くと、そこには若旦那が立っていた。

『若旦那……。いったい何時だと思ってるんですか？　帰りましょう』

『……嫌だよ、帰らない』

作業場とは打って変わり、その口調は子どもらしいものだった。

『何を言ってるんですか、こちらさんにもご迷惑です。とにかく宮と帰りましょう。何と言っても、仕事場で居眠りをしてしまった自分に非があるってことは、若旦那も分かってらっしゃるんでしょう？　私が一緒になって謝りますから』

若旦那は頬を膨らませてプイッと横を向いた。

『あの……、こんにちは。ああ、いや、もうこんばんはですかね』

若旦那の後ろから同じような年格好の子が出てきた。カーキのチノパンに、青のギンガムチェックのシャツを羽織り、ひょろっと細い。顔だちは硯水さんに少しばかり似ている。

『孫の硯だよ、「すずり」一文字で硯。去年の夏から一緒に暮らしてるんだ。確か五年生に進級する際にクラス替えがあって、一太君と一緒になったはずだ』

硯水さんが硯ちゃんの頭をごしごしと撫でながら教えてくれた。

『こちらはね、一太君の家の職人で宮さんだ。もう、長いことうちを贔屓《ひいき》にしてくださっている。ああ、贔屓と言えば「兎堂」代々の旦那様にもずっとお世話になってるけどね』

『宮です、いつも若旦那がお世話になってます』

私は姿勢を正して硯ちゃんに頭をさげた。

『そんな、よしてください。遊んでもらってるのは僕の方です。一太君は学校中の人気者で、転校してきた僕にもやさしくしてくれました。去年までは違うクラスだったんですけど、休み時間にサッカーをやろうと声をかけてくれました』

『あれは、人数が足りなかったから……』

若旦那はそっぽを向いたままぶっきら棒な声をあげた。

『あの、今日はうちに泊まってもらおうかと思ったんですけど？　ダメですか』

硯ちゃんが私の顔を正面から見据えて落ち着いた声で話を始めた。

『……うーん』

『今晩……、いや、正確には明日の明け方なんですけど、しし座流星群が見えるはずなんです。今回のような大規模な流星群は三十三年ぶりだそうで理科の授業で先生も「見られたら見た方がいいぞ」とおっしゃってました。本当は街の灯《あか》りなどが一切なく、空気が澄んだ山奥に行くとハッキリ見えると思うんですけど、明日も学校がありますし子どもだけで行くのも危ないかなと思いまして。なので、今回はうちの屋上で一太君と一緒に見たいなと思ったんですけど、ダメですか？』

なんとも小学生らしくない丁寧な言い回しで、ともすると江戸弁が混じりそうになる硯水さんとは大違いだ。きっと、銀座に買い物をしにくる人たちに囲まれて暮らしているうちに、大人びた口調に染まってしまったに違いない。

『しし座流星群ね……』

確かに、ここ数日の新聞やテレビのニュースで大きく取り上げられていた。

『甘えてしまって大丈夫ですか？』

硯水さんに向き直って私は尋ねた。

『大歓迎さ。硯一人で夜中の屋上ってのは心配だったんだが、一太君が一緒なら心強いってもんさ。ああ、夕飯は「ほゝづゑ」にでも行かせようと思ってたんだ。あそこのマスターなら機嫌よく面倒見てくれるからね。風呂は内風呂でもいいし、銭湯に行かせてもいいし。何にも心配ないよ』

『うーん、しかし……』

結局、私は一旦店に戻り旦那様と奥様に事情を説明した。

『わがままにもほどがあるな……。お前が甘やかし過ぎたからだ』

旦那様が奥様に嫌味を零す。

『何を言ってるんですか、「十歳になって仕事場に入ったら厳しい世界が待ってるから、小さな間は何でも好きにさせなさい」って言ったのはあなたじゃないですか』

奥様も黙ってはいない。

『まあまあ、とにかく、そういうことですから』

私が割って入ると二人ともそっぽを向いた。どうも、この家の夫婦親子はそっぽを向く癖がある。

『けど、御迷惑じゃないかしら？』

ふと心配気な声を奥様があげた。

『ええ、その辺はご心配なく。私がなんとかします。代わりに、明日の朝の仕込みは、若旦那と私はおりませんが、それでも大丈夫でしょうか？』

『まあ、宮さんが抜けるのは痛いけれど、たまにはいいだろう。若い連中に発破をかけて、あれこれ経験させる機会にもなるし。……けど、どうするつもりだい？』

『まあ、少しばかり考えがあります』

私は奥様が用意した若旦那の着替えや厚手のジャンパーと、旦那様から預かった菓子の詰め合わせを手にすると、一旦、佃の部屋にとって返し、荷物を自転車の荷台にくくり付けると『四宝堂』へと急いだ。

時計の針はすでに夜の十時を回っており、当然ながら店の灯りは消えていた。壁伝いに裏手に回ると、簡素な通用門があり戸口の脇にインターフォンがあった。

《はい》

チャイムを押すと硯水さんと思《おぼ》しき声で返事があった。

『夜分に済みません、兎堂の宮です』

《ああ、はい。ちょっと待って》

こちらの返事を待たずに声が途切れた。夜の銀座は賑《にぎ》やかなイメージがあるけれど、商店がならぶ路地は意外と人通りは少ない。

『こんばんは』

声にふり向くと硯ちゃんが引き戸を開けてくれていた。

『自転車、門の内側に入れておいた方がいいですよ。盗むつもりはないんでしょうけど、酔っぱらった人が乗っていってしまうかもしれませんから』

門灯の下で荷台に括《くく》りつけていた荷物を降ろすと、自転車を門の内側に停めた。

『大きなリュックですね、どうしたんですか？』

『うん、今晩は私も泊めてもらおうと思ってね』

『え？』

玄関で靴を脱ぐと手に持ってそのまま屋上へと上がった。

『宮さん……』

私が顔を出すと若旦那は驚いた顔をしていた。もっとも暗くてよく表情は分からなかったが。『四宝堂』の屋上は胸の高さぐらいまで煉瓦《れんが》が積まれており、誤って落ちる心配はなさそうだった。空は雲が出ていて薄暗く、ビルの陰から時々差し込む青や赤のネオンの光がちらちらと瞬いていた。

背中からリュックを降ろすと、奥様から預かった厚手のジャンパーを若旦那に差し出した。

『着てください、風邪《かぜ》でもひかれたら宮が叱られます』

『そうだな、ほら硯も』

何時の間に上がって来たのか硯水さんも硯ちゃんにジャンパーを羽織らせた。私は旦那様から預かった菓子折を差し出した。

『わざわざいいのに、と言っても持ってくるんだろうけど……。ありがたくいただくよ。なんと言っても「兎堂」の菓子は天下一品。何時も行列でなかなか買えないから』

硯水さんは『じゃあ、あとは硯に聞いて。私は地下の作業場にいるから』と言い添えて降りて行った。

『遅くまで仕事があるんだね』

階段室へと消える硯水さんの背中を眺めながら思わず零した。

『一月始まりの手帳に名入れをする注文が溜まってるんです。会社の名前はもちろんですけど、革張りの高級品にイニシャルを入れたり、フルネームを入れたり。エンボス加工だけでなく、箔押《はくお》し仕上げだったりすることもあって、集中してやらないとダメだからって、夜静かな時間に祖父は一人で地下に籠って仕事をしています。なのでどうしても朝は起きられないみたいなので、開店準備は学校に行く前に僕ができる限りのことをするようにしています。と言っても掃除をしたり釣銭の用意をするぐらいなんですけどね』

私はちらりと若旦那を見やった。

『何が言いたいのかは分かるけどね。でも、言わないで！』

若旦那は私の足元のリュックを眺めた。

『こんなに大きな荷物、何を持ってきたの？』

『ええ、ここにみんなで泊まれるようにと思って、テントと寝袋、それに毛布なんかを持ってきました』

私はリュックから畳んだ状態のテントを取り出した。

『若旦那を連れていったことはありませんけど、登山は宮の数少ない趣味のひとつなんです。昔は地方から出てきた職人仲間で休みになるとあちこちの山に登ったものです。けど……、そんな奴《やつ》らも大半が結婚をしてしまいまして、宮と遊んでくれなくなりました。なので、テントを引っ張り出すのは久しぶりなんです』

私は数年前に買い換えたばかりのドーム型テントを広げた。買ってから二度ほどしか使っていないので綺麗だし、一応四人用なので大人一人に小学生二人ぐらいなら余裕で寝ることができる。

『テントって、こう、三角の形をしてロープとかで張るものだとばかり思ってました』

『それは随分と昔のものだね。もちろん、今でも売ってるとは思うけど。最近のは、こうやって細長いフレームでドーム状に自立させる物が主流だよ』

十分とかからずにテントが設営できた。本来は支柱のベースをペグで地面に固定するのだが、生憎《あいにく》とビルの屋上では適《かな》わない。仕方がないので屋上の隅に積んであった予備の煉瓦を重石《おもし》とすることにした。

『こんな薄い布だけど、これさえあれば急な雨でも大丈夫だと思うと安心するね』

感心した様子で若旦那が呟《つぶや》いた。

『雨が降ってきたら家の中に入ればいいんだよ。山奥じゃないんだから』

『まあ、そうか』

子どもらしい会話に思わず顔が綻《ほころ》んでしまう。

テントの中にリュックや寝袋を仕舞うと、持ってきた折り畳みのキャンピングチェアを広げて三人で空を眺めた。

『どっちの方角に見えるのかな？』

　私が尋ねると、硯ちゃんがポケットから何やら手帳を取り出した。よく見れば「野帳」だった。

『あっちですね。あっちの方角を眺めていると、こう後ろから前に向かってすーっと通り過ぎていくって感じのはずです』

　ペン型の小さな懐中電灯で「野帳」に書き付けた何かを確認しながら硯ちゃんは教えてくれた。

『「野帳」だね、それは』

『ええ、はい。「外で使うのに便利だぞ」って一太君に教えてもらいました。しかも、「おまえの家で売ってる」って』

『よせよ、全部、宮さんの受け売りなんだから……。どう？　ぐるっと回って自分が教えたことを人から聞かされるとは思わなかったでしょう？』

『確かに』

　三人で顔を見合わせて笑った。

『二時ぐらいから見えるはずなんですけどね。まだまだ随分と先だな。とりあえず、下から飲み物でも持ってきます』

　硯ちゃんは、そう断ると降りて行った。

不意に二人っきりになった私と若旦那は、黙って銀座の夜空を眺めた。

『ジャンパー持って来てくれてありがとう。寒いなって思ってたんだ』

『……どういたしまして。用意してくださったのは奥様ですけどね。宮は奥様から差し出されるまで思いつきもしませんでした。お陰で宮も厚着をしてくることができました。でなかったら凍えてます』

銀座の夜空なんて、月ぐらいしか見えないと思っていたが、しっかり眺めれば一等星をいくつか確認することができた。

『日付が変わるころにはネオンが消えるらしいから。もう少し綺麗に見えるって』

ぼんやりと空を眺めながら若旦那が教えてくれた。

『そうですか……。普段なら、もう寝てしまってる時間なので、この景色でも宮には十分に珍しいです』

『そうだね、僕もここ一年は九時前には寝ちゃってるかな。四時には仕事場に入らないとダメだからね。宮さんは何時に来てるの？　何時も僕よりも早いじゃない』

『ほんの少し早いだけですよ』

しばらく黙って二人で夜空を眺めた。

『宮さん』

『はい？』

どれぐらい時間が経《た》ったのだろう。不意に若旦那が話しかけてきた。

『流れ星が見えたら、何をお願いするの？』

可愛らしい質問に思わず笑ってしまった。

『そんなの内緒に決まってるじゃないですか』

『そっか……』

『じゃあ、若旦那は何をお願いするんです？』

『……僕は』

そのまま黙り込んでしまった。目を手の甲で擦《こす》っている様子が暗い屋上でも影の動きで分かった。けれど、何も言ってあげられなかった。

『僕はね、宮さん。お願いなんて何もしないよ』

『……そうですか』

『僕は、僕は……。僕は自分の力で親父よりも立派な店主になるんだ。流れ星になんてお願いしなくても、ちゃんとなれるよ』

『分かりました』

私がそう返事をすると、若旦那は黙って小さく頷《うなず》いた。

『If you can dream it, you can do it.』

私がそう諳《そら》んじると、若旦那はこちらを見やった。

『宮さんは英語ができるの？』

暗くて表情は分からないけれど、驚いている様子が見てとれるようで可笑《おか》しかった。

『まさか、有名なフレーズだから知ってるだけです』

『へーえ、で、何て意味なの？』

『夢見ることができるなら、その夢は実現できる』

若旦那は私が言った言葉を反芻《はんすう》しているようだった。

『そっか……』

『でも、そのためには、しっかりと修業をすることが欠かせません』

『うん』

若旦那が私の方を向き直るのが分かった。

『ねえ、宮さん。明日、家に帰ったら親父に、いや、旦那様にお詫《わ》びをして許してもらう。だから申し訳ないけど、付き添ってもらえない？』

『もちろんです』

『ありがとう。いや、ありがとうございます』

ちょっとほっとしたのか、若旦那は大きく溜め息をついた。

急に疲れがでたのか『悪いけど寝袋に入ってもいい？』と断ってテントの中にひっ込んでしまった。しばらくして見てみると、ぐっすりと眠っていた。

『なんだ、あんなに「絶対に見る！」って大騒ぎしてたのに』

ポット一杯にお湯を沸かしてきてくれた硯ちゃんは呆れた様子だった。

『すまないね。でも、普段ならとっくに寝ている時間だから仕方がないんだよ』

『まあ、いいです。どうせ一人でも見るつもりだったんで』

そんなことを言っていた硯ちゃんも、部屋から持ってきた毛布にくるまって『ちょっとだけ』とテントに横になったまま寝入ってしまった。

結局、最後まで空を眺めていたのは私一人だった。

そろそろ空が白み出すであろう明け方、大きな流れ星がひとつ、すーっと線を描くようにゆっくりと私の頭上を掠めていった。

それを目にしっかり焼き付けると、私はポケットから「野帳」を取り出した。そして懐中電灯の仄《ほの》かな灯りを頼りに、見たばかりの流れ星をスケッチした。

『若旦那が立派な店主になれますように』

そう小さな声で呟きながら。

「宮さん、大丈夫ですか？」

ふと顔をあげると隣には喫茶『ほゝづゑ』の看板娘である良子《りょうこ》ちゃんが立っていた。

「ああ、良子ちゃん。いや、恥ずかしい。ついつい、ぼんやりしてしまって」

「硯ちゃんから宮さんが来てるって聞いたので珈琲の出前に来ました」

良子ちゃんは手に提げていた籐《とう》籠を掲げた。

「出前？　でも、今日はキッチンの改装でお休みなんでしょう？」

「はい。でも、珈琲ぐらいはお湯と豆さえあればなんとかなりますから。その代わりお菓子は昨日作ったビスケットのあまりだけです。ごめんなさいね、宮さんが好きなエクレアがなくて」

良子ちゃんは話を続けながらカップを取り出して魔法瓶から珈琲を注いでくれた。

「ブラックでいいですよね？」

「うん、ありがとう」

良い香りに我慢しきれず、すぐに口をつけてしまった。

「ああ、おいしい」

「ありがとうございます」

本当に気立てが良い。硯ちゃんとは何時になったら所帯を持つのかと思うのだが、どうにも進展しない。さりとて仲は良いようで、本当に不思議な二人だ。

「聞きましたよ、引退するそうですね」

私は小さく首を振った。

「硯ちゃんは知らなかったのに良子ちゃんは耳が早いね。でも、引退するんじゃなくて、引退させられるってのが正しい表現だね。なんせ若旦那に暇を出されたんだから」

「ふーん、そうですか。あっ、でも貴島《きじま》さんは喜んでるんじゃないですか？　忙しかった宮さんに時間的なゆとりが増える訳だもの。ゆっくりとデートできるでしょう？」

思わず珈琲を噴き出しそうになった。

「なっ、なんで知ってるの？」

「何でって言われても……、まあ、なんとなく」

きょとんとした良子ちゃんの顔を眺めながら、私は貴島さんと初めて一緒に仕事をしたころのことを思い出していた。そしてそのころの若旦那のことも。

貴島さんは、老舗デパートのマツキヤ百貨店に勤めている。知り合ったのは、二十年近く前になる。『兎堂』の支店をマツキヤ百貨店に出す際に、交渉窓口の責任者を務めていたのが貴島さんだった。

それまで兎堂は、暖簾《のれん》分けをした店が地方にいくつかあるだけで、百貨店などに支店を出したことはなかった。にもかかわらず急に話がまとまったのは、ある会合で一緒になった当時のマツキヤ百貨店の社長と旦那様が大学の先輩・後輩の仲であることが分かり、意気投合してしまったからだ。当然ながら、マツキヤ百貨店側も兎堂でも現場にとっては寝耳に水で、その対応に右往左往することになった。

そもそもマツキヤにしてみれば、出店したい菓子屋は山ほどある訳で、なにも兎堂でなければならない理由はないと思っていたに違いない。兎堂としても、日本橋に本店があるのに、なぜマツキヤに支店を出さなければならないのかピンとこない。そんな訳で双方それぞれにギクシャクとしたまま出店準備をすることになった。

その上、貴島さんは人一倍仕事熱心で、私たちへの要求も厳しかった。こちらとしても精一杯に応えようと努力をするのだが、当然受け入れられないものもあった。

『いくらマツキヤ百貨店さんでも、無理なものは無理です』

私がそう断っても、貴島さんは簡単には折れない。私の説明に納得できるまで、質問攻めにする。さらには『なら、仕事場を拝見させてください。実際に自分の目で確かめて納得できたら諦めます』とまで言う。

『分かりました、では、明日の早朝、当社にお越しください。何時でも構いません』

『ええ、分かりました』

そこまで言うなら見せてやろう。でも、どうせ仕込みの時間に来るとは思えない。のんびりと日が昇ってから来ようものなら『もう朝の仕事は終わりましたよ』とつれない返事でもしてやろう。

翌日、いつものように三時半ごろに自転車で店の前まで来ると、通用口近くの街灯の下で手帳のようなものと睨《にら》めっこをしている人影があった。誰かと思って見てみると、驚いたことに貴島さんだった。

『おっ、おはようございます。って言うか、どうしたんですか？　こんなに早く』

『だって、何時もこれぐらいの時間には出社して仕込みを始めるんでしょう？　だったら、それに合わせて見に来ないと視察にならないじゃないですか』

さも、当たり前と言う顔で貴島さんが返した。

『もうさ、意地の張り合いも、ここまで来ると笑っちゃうよね』

ふと見ると通用口から若旦那が顔を出していた。ちっこかった若旦那も春には高校二年に進級するまでになった。随分前に背は追い越され、最近は見上げるようにして話をしなければならない。十歳で始めた修業も八年目となり、旦那様からも一人前の職人として扱われつつあった。それでも最年少だからと相変わらず一番に仕事場に入り、釜の準備や材料の水加減を確認するといった下働きをこなしていた。

『私は客ではありません、マツキヤ百貨店に出店する店子《たなこ》さんの製造現場を確認に来たのです。ですから特別な配慮をされては意味がありません。この場に私はいないものと思って、普段通りにお仕事をなさってください。私は私で厳しく査定しますから』

　彼女は手にしていた手帳を何枚かめくると『とりあえず、今日は定番品として取り扱う予定のどら焼きと豆大福、それにみたらし団子について、原材料の保管状況や製造工程、品質検査などについて確認させてもらいます』とキッパリ言い放った。その手にあったのは「野帳」だった。

『分かりました。……あの、それ「野帳」ですよね』

　思わず聞いてしまった。どちらかと言うと無骨なデザインで、老舗百貨店に勤めるような華やかな職業の人が使うとは思ってもみなかった。

『ええ、よくご存じで。「四宝堂」という文房具店で薦められたんです。「立ってメモをするなら表紙がしっかりとしたこれが良いですよ」と』

『へぇ、奇遇。僕も宮さんに紹介してもらって同じ物を使ってますよ』

横から若旦那がそう言ってポケットから「野帳」を取り出した。

『あら、嫌だ、本当に？』

貴島さんが目を丸くして笑い出した。可愛らしいところもあるんだなと思った。

その後、彼女の懸念点を一つずつ潰し込み、無事にマツキヤ百貨店へ出店することができた。もちろん、開店初日を迎えるまでには、何度か大きなトラブルもあったが、その都度二人で相談し協力して乗り越えた。時にマツキヤ百貨店側の手違いなどもあったが、そんな時に貴島さんは真摯《しんし》に自社の不備を詫び、責任を押し付けるようなことは一切なかった。そんな姿勢に、私は少しずつ惹《ひ》かれていった。その後、徐々に距離が縮まり、一緒に食事をしたり旅行に出かけたりするような仲になった。

同じころ、若旦那が旦那様と奥様、それに私に『話がある』と声をかけた。一学期の終業式の日で、明日から夏休みといったタイミングだった。

事務所の一角にあるソファにみんなが腰を落ち着けると、若旦那が話を始めた。

『あのさ、高校を卒業した後の進路の件だけど』

奥様が淹《い》れたお茶を手にしながら旦那様が頷いた。

『ああ、確か昨年の三者面談では商学部のある国公立大学をいくつか候補に挙げたと母さんから聞いた。私立に変えたいのであれば変えてもいいぞ。そもそも、付属の中学や高校を受験するように薦めたのに断ったのはお前だからな』

『仮に国公立を目指すにしても、そろそろ専門の予備校にも通わないと現役での合格は難しいんじゃない？　お金の心配をしているなら、それは余計よ。あなたの学資はちゃんと積み立ててあるから』

奥様が珍しく口を挟んだ。

『うん、ありがとう。でも、俺、大学には行かないつもりなんだ』

旦那様は小さく溜め息をついた。

『訳を聞こうか』

『海外に行く。と言っても、向こうの料理学校に通わせてくれって話じゃないからね。欧米はもちろん、中東やアフリカ、それにアジアも、とにかく世界中を旅して、美味《うま》いものを片っ端から食べ歩きたい。もちろん、金をくれだなんて言わない。渡航費も生活費もすべて自分で稼ぐから』

『……お前は昔から突拍子もないことを言い出すところがあったが、今回のそれにはほとほと呆れた』

話の途中であるにもかかわらず、旦那様は席を立とうとした。

『席を立つということは、認めてくれるってことだよね?』

浮かせた腰を降ろすと旦那様が珍しく声を荒らげた。

『そんな勝手な話を一方的にして、認めてくれとはなんだ?』

『なんで僕がこんなことを言い出したのか、理由を聞かないの?』

ハラハラしながらも、不思議と若旦那を応援している自分に気が付いた。そもそも、普段なら旦那様の方が落ち着き払っているのに、今日はそれが逆転している。若旦那は相当の覚悟で臨んでおり、肚《はら》がどっしりと据わっている。

『「兎堂」の味を守るためにも、今のままじゃダメだと僕は思うんだ。十歳で仕事場に入って、今日まで七年ちょっと「兎堂」の仕事を見てきた。良い材料を惜しげもなく使って、手間暇を惜しまずに丁寧に一つひとつ作る。保存料などの添加物は一切使用せず、生菓子は作ったその日に召し上がってもらう。売り切り御免で在庫は持たない。その方法でやれるだけのことは目一杯にやって来たと思う。親父の代で交通の便や冷蔵技術が発達したのを最大限に活かして本店だけでなく、首都圏の有名デパートにも出店できるまでになった。でも、もう、伸びシロはないよ』

『なら、お前は他の店と同じような仕事をしろって言いたいのか?』

『兎堂』を否定されることは、自分を否定されることと同じであると思っても仕方がない。旦那様は心血を注いで、店をここまで育ててきたのだから。実の子とはいえ、許せることではないだろう。

『いや、他の店がやっていることは、他の店に任せればいいと思う。でも、今のままじゃあ「兎堂」は早晩潰れると思う。だって純粋な和菓子しか作ってないじゃない？　もちろん新作を毎年、毎季だしてはいるよ。でも、造形や味の組み合わせを変えているだけで、和菓子の枠を超えていない』

『じゃあ、一太はどうするって言うの？　お父様やお祖父様、それに代々のご先祖様が守ってきた味をどうしたいって言うの？』

奥様の顔をちらっと見やると、若旦那は小さく首を振った。

『それを探しに行きたいんだ。勘違いしないで欲しいんだけど、俺も「兎堂」の和菓子は天下一品で、どこにも負けない味だと思ってる。けど、和菓子で一番なだけじゃあダメなんだ。今の日本人は若い人に限らず、それなりの歳の人でも和菓子を滅多に食べなくなっている。そりゃあそうだよね、だって他に美味しいものが一杯あるんだから。そのうえ、これから日本の人口はどんどん減って行く。だから真面目に和菓子を作り続けているだけじゃあ未来はないんだ。もっと積極的に世界に打って出ることを考えないと。世界で勝負できてこそ、日本でも多くの人に評価してもらえるようになると思う。でも、うちの菓子を外国の人にどうやって食べてもらうの？　確かに食べてもらえれば味の良さは分かってもらえると思うよ。でも、どうやって手にとってもらうの？　どんな説明をするの？　良い物を作れば黙っていても売れる時代じゃあないんだ』

それまで口を閉じていた私は少しばかり尋ねてみた。

『それなら、商社や専門のコーディネーターを雇えばいいんじゃないですか？』

若旦那はちらっと私を見やると首を振った。

『それも一つの手ではあると思うよ、否定はしない。でも、同時に世界中には、どんな菓子や食べ物があるのか？　どんな暮らしがあるのか？　ってことを知らないと、本当にこれからの十年、二十年に通用する作戦は立てられないよ』

ガリッと音がするぐらいに若旦那はハッキリ言い切った。

『で、明日から夏休みだけど、これまでと同じように朝一番から七時半までと、夕方五時から夜の九時までの八時間は仕事場で働くよ。その代わり午前七時半から夕方五時までは自由にさせて欲しいんだ』

『どうするんだ？』

『アルバイトをする。最初の渡航費と一ヶ月分ぐらいの生活費は貯《た》めておかないと。

さすがに学校がある日はできないから、夏休みや冬休みといった長期休暇や土日だけになるけどね。店には迷惑をかけない。むしろ菓子作りの仕事を体に染み込ませてしまいたいからね、どんどん振ってくれていいよ』

不敵な笑いとでも言うのだろうか、凄《すご》みを感じる笑みを若旦那は浮かべた。

結局、旦那様も奥様も明確な返事をせずに、怒ったまま席を立ってしまった。残された私は冷え切ったお茶に手を伸ばした。

『随分と思い切ったものですね』

『そうかな……。ああ、そうだ、今晩キャンプするんだけど、宮さんも来ない？』

『キャンプ？　どこで』

そこは『四宝堂』の屋上だった。しし座流星群の一件があって以来、硯ちゃんと若旦那は時々屋上で一緒に過ごすことがあったと言う。

『一人用のテントなんて、何時の間に買ったんですか？　それに寝袋まで』

屋上に行ってみると、二張りものテントが設営されており、その真ん中には厚い板で屋上の防水を養生し、さらに中華鍋でも再利用したような焚き火台があった。すでに火は赤々と燃えており、そのゆらゆらと揺れる炎が屋上を照らしていた。その灯りを頼りに自分のテントを空いているスペースに設営すると、キャンピングチェアを抱えて焚き火の近くに行った。

　梅雨の晴れ間とあって七月とはいえ少し肌寒く、温かな焚き火がありがたかった。

『火なんて焚いて大丈夫なの？』

　私は椅子を調節しながら硯ちゃんに尋ねた。

『大丈夫です。ここで焚き火をすることは京橋《きょうばし》消防署に届け出てあります』

『まあ、でも寝る前には、ちゃんと火を消すんだぞ。火が残ったまま寝ちゃったらダメだからな』

　様子を見に来た硯水さんが立水栓からホースを伸ばし、火の近くに置いた。

『硯、「ほゝづゑ」から料理が届いたから取りに来なさい』

『はーい。じゃあ、ちょっと火の番、頼みますね』

　硯ちゃんと硯水さんが降りていってしまった。

『何年ぶりだろうね、宮さんと「四宝堂」の屋上に来るの』

『しし座流星群以来ですから、かれこれ六年ぶりぐらいですかね』

『そんなになるんだ』

　炎がちらちらと揺れる。その緩やかな揺らめきは言葉を失わせる何かがある。

どれぐらい経ったろうか、ふと薪《まき》がパチンッと爆《は》ぜた。すると、まるで催眠術師が掌《てのひら》を叩くのに合わせて話し始めるかのように、口を開いていた。

『私は若旦那の外国行きに賛成です。もちろん、旦那様や奥様が反対される気持ちも分かります。私だって自分の子どもにそのようなことを言われたら、きっと反対すると思います。だって、心配でたまらないでしょうから……』

『うん』

薪が燃える音にかき消されそうなほど、若旦那の返事は小さかった。

『本当のことを言えば宮も心配です。だって外国ですよね？　学校で習った訳ですから片言ぐらいの英語は話せるでしょう。でも、英語が通じない国もあるでしょうから。特にフランスやイタリアは母国語に誇りを持っていて、英語で話しかけてもおいそれとは応じてくれないって言うじゃないですか？　そんなところへ一人で行って大丈夫か？　と思わないなんて言ったら嘘《うそ》になります。でも……、旦那様も驚くような立派な店主になるには、それぐらいの武者修行をしないとダメなような気もするんです』

『……うん』

『スケールが小さいから比べ物にはなりませんが、雪深い田舎《いなか》から東京に出てくるのは、あのころの宮にとって海外に行くのと同じぐらいの大冒険でした。もっとも、一大決心で出てきた東京で、宮は大旦那様、旦那様、それに若旦那という素晴らしい人たちに巡りあえて、これっぽっちも酷《ひど》い目になんて遭いませんでしたけどね。だから、だから……、迷わずに行ってしまいなさい。旦那様も奥様も、何時かきっと分かってくれるはずです。だから反対されても行っておしまいなさい……』

最後は上手く言葉にならなかった。

『うん、うん……、うん』

それからあっと言う間に月日は過ぎて、若旦那は高校を卒業した。結局、最後まで旦那様は色よい返事をせず、出発の日も玄関口にさえ見送りには立たなかった。きっと奥様は見送りたいと思われたはずだが、旦那様が許さなかったのか、やはりその姿はなかった。

最初の訪問国はフランスにするとのことで、成田からの出発だったのだが、空港まで見送りに来たのは私だけだった。

『寂しいですね』

出発までの待ち時間、フードコートで珈琲を飲んだ。

『硯や良子が来るって言ったんだけど断ったんだ。だって照れ臭いじゃない？』

『へえ、そうだったんですか』

大した中身のない会話で時間を潰し、二人で紙コップの珈琲を飲んだ。これを飲み終わったら、若旦那は行ってしまうんだなと思いながら。

『さて、そろそろ行かないと』

若旦那の荷物は、機内に持ち込める大きさのリュック一つだけだった。『身軽でないとね』とのことだが、その小さくまとめられたリュックに決意のほどが感じられた。

『これ、荷物になってしまうけど。持って行ってください』

私は小さな紙袋を渡した。

『なに？「四宝堂」の包みだね』

『まあ、飛行機に乗ったら開けてください。保安検査場で引っかかるようなものではありませんから』

若旦那はリュックのポケットに紙袋を仕舞うと右肩に背負った。

『じゃあ、行ってきます。くれぐれも親父とお袋を頼みます』

『行ってらっしゃい』

握手をすると若旦那は一度もふり返らずに出発ゲートへと消えて行った。

ほんの一瞬、ターミナルビルの屋上に上がって若旦那が乗ったであろう飛行機が飛び立つのを見届けようかと思ったけれど、諦めてすぐに東京へと戻る電車に乗った。

車窓から飛行機が飛び去って行く景色を眺めながら、若旦那に渡した品物について思い返した。今ごろ機内で包みを開けただろうか。

あの包みには十冊ほどの「野帳」を入れておいた。表紙には「I．Usami」と箔押しを施してある。そして一冊目の一ページ目に、私はメッセージを書き添えた。さらに少し大きめのポスト・イットに走り書きをすると表紙に貼り付け、四宝堂でもらった包装紙で丁寧に包んだ。

一ページ目のメッセージは『If you can dream it, you can do it.』。そして、ポスト・イットには次のように記した。

《何か面白いものに出会ったら、これに書き留めてください。ぜひ絵を添えて。そして帰ってきたら、その話を必ず聞かせてください。くれぐれもお元気で。

宮》

果たして十冊で足りるだろうか。車窓に映った私の頬には、涙が伝っていた。

ふと気が付けば、良子ちゃんの姿はなかった。まだカップの珈琲は温かいから、きっと物思いに耽《ふけ》っていたのは、ほんの少しの間だったに違いない。ひと口すると、硯ちゃんが置いていった文箱の蓋をあけた。すると、そこには真新しい「野帳」が一冊入っていた。けれど、こんなものを入れておいた覚えはない。よく見れば表紙には「I．Usami」の箔押しが。表紙をめくってみると見慣れた文字があった。力強い文字だけれど、ところどころ滲《にじ》んでいる。

そこには若旦那が小さなころからの二人の思い出が綴《つづ》られていた。一緒に行った動物園でサルに帽子を取られそうになったこと。二時間もならんで見た映画がつまらなかったこと。ジェットコースターに乗って私が気絶しそうになったこと……。

さらに、仕事場に入ってからの出来事もあれこれと綴ってあった。途中からハンカチで目を拭わなければ、文字が霞《かす》んで読み進めることができなくなった。

どれもこれも、思い返せば懐かしい。その時々には辛かったり、哀《かな》しかったりしたけれど、今になればどれも良い思い出ばかり。

徒然《つれづれ》と気の向くままに書いたことが良く分かる内容で、話はあちこちへと飛ぶ。それはまるで若旦那と夜空でも眺めながら語り合っているようだ。随分と大きな字で書かれていることもあってか、綴られた文字は野帳一冊を使い切るほどだ。これだけの思い出を若旦那と共有しているだなんて、なんて私は幸せ者だろうか。
そして終わりの数ページには次のような言葉がならんでいた。

《最後に僕から宮さんへ一つお願いがあります。
それは貴島さんのことです。

お互いに結構な歳《とし》だからなどと言い訳をせず、
ちゃんと正直な気持ちを伝えて欲しいと思います。
もちろん、余計なお節介だとは思うけど……。
でも、誰かがはっきり言わないと、
宮さんは踏ん切りがつかないような気がします。

これまではずっと「兎堂」の、
いや僕のことを
一番に考えてくれたけれど、
そろそろ自分のことを

一番に考えてもいいんじゃない？》

つづけて、次のような英文で締めくくられていた。

《Where there is no love, there is no sense either.
If you can dream it, you can do it.》

スマホで意味を調べてみた。どうやらロシアを代表する文豪の言葉のようだ。

『〝愛のないところには、意味もないんだ〟か。若旦那、随分と高尚なことをご存じですね。でも……、これロシア人の言葉ですよね。なんで英語なんです？』

思わず独り言が零れた。

＊　＊　＊　＊　＊

「よう」

銀座の文房具店『四宝堂』に一人の客が現れた。手には『兎堂』の紙袋がある。

「ああ、一太……、じゃなかった。今は十一代喜兵衛だったね」

「あれはビジネスネームみたいなものだから。硯はこれまで通り一太って呼んでくれよ。それに社長交代を発表してから、もう三ヶ月近くも経つのに、どうにも慣れないんだよね、『旦那様』とか『当代』って呼ばれても。こう、チョンマゲでも結わなきゃならないような雰囲気でさ。肩が凝るよ」

どうやら客は『四宝堂』の店主・宝田《たからだ》硯の幼馴染《おさななじ》みである宇佐美一太のようだ。

「なんだか大変そうだね」

「まったく、お前みたいに一人でのんびりやってる奴を羨ましく思うよ。ほら、これ、お土産《みやげ》だよ」

「わー、嬉《うれ》しいな。『兎堂』の前を通るたびに買いたいなって思うんだけど、あの行列を見てしまうと諦めちゃうんだ。余程に運が良くないと買えないよ」

「お前さぁ、知らないの？　最近はアプリで事前注文をしておけば、ならばなくても買えるんだよ」

「へぇ、本当に？」

露骨に溜め息をつくと「スマホを貸してみ」と手を出した。

「すまん、頼む」

硯が両手でスマホを差し出した。それを受け取った一太は慣れた手つきでアプリのダウンロードを始めた。

「あのさ」

「うん？」

スマホの画面に顔を向けたまま一太は話を続けた。

「宮さんから手紙が届いたよ」

一太は上衣の内ポケットから一通の封筒を取り出し、硯に渡した。切手に押された消印は随分と遠いところのもので、中には数枚の便箋があった。

《前略
若旦那、いや違った旦那様、いかがお過ごしですか？
少しは旦那様と呼ばれるのに慣れましたでしょうか？
きっと、堅苦しい仕事が増えてお疲れのことと存じます。
そんな時は「四宝堂」の屋上にでも上がって、ぼんやり空を眺めてください。
きっと良い気分転換になるはずです。

ちなみに、こちらの空は真っ青です。

空気が澄んでいるからか、夜などは満天の星が眩《まぶ》しいほどで、旦那様にも見せてあげたいです。


さて、本日は少しばかり報告があります。

一週間ほど前にこちらに遊びに来ていた貴島さんに一世一代の求婚をしました。

「少し考えたい」とのことでしたが、昨日、受け入れてくれるとの便りが届きました。


多分ですが旦那様に背中を押してもらわなかったら、言い出せていなかったと思います。

本当にありがとうございました。


しばらくは、東京とこちらとの別居婚になりますが、春には、こちらに来てくれることになっています。

それまでに、年寄り二人が快適に暮らせるようにあばら屋にあれこれと手を入れております。

拙宅は古いだけあって部屋数は多く、大勢が泊まれます。

ぜひ旦那様も遊びにいらしてください。


最後に、色々とお世話になった「四宝堂」の硯ちゃんによろしくお伝えください。

それに「ほゝづゑ」の良子ちゃんにも。

次は二人の背中を押してあげてください。

では、また。

草々》

「だってさ」

「良かったなぁ……。あっ、でも、昨日、貴島さんが来てあれこれと買い物をしていったけど、そんな話は噯気《おくび》にも出さなかったけどね」

「そりゃあ照れ臭いんだろうよ。まあ、とりあえず、そっとしておこう」

「そうだな」

硯は便箋を畳み直すと封筒に仕舞い一太に返した。

「さて、宮さんのいう通り、お前も良子とのことは、そろそろ何とかした方がいいんじゃない？　それとも、お前も俺がお膳立てしないとダメか？」

一太の言葉に硯はバツの悪そうな顔をした。

「えーっと、悪いんだけど、今日は色々と忙しいから、そろそろ帰ってくれない？」

「何を言ってるんだよ、こんなにガラガラなのに」

銀座の文房具店『四宝堂』。この店では今日も幼馴染み同士が遠慮のない話をしているようだ。

# 模造紙

「彼、大丈夫なの？」

「すみません……」

「なんであんたばっかり謝るのよ。……まあ、上司だから仕方ないけど」

結構なミスを起こしたにもかかわらず、説明の一切を課長に任せっぱなしで本人は悪びれた様子もなく立っているだけだった。私が「分かったわ」と返事をすると、善後策を相談することもなく「予定がありますから」とさっさと出て行ってしまった。

「しかし、部長もよく我慢してくれましたね。てっきり特大のカミナリが落ちると思ってました。覚悟はしてたんですけどね」

「部長じゃなくて、森村《もりむら》さんでしょう？『自由闊達《かったつ》に意見を交わし合う風土を目指すべく〝さん付け〟運動を開始します』って人事から通達があったばかりじゃない。ああ、そういえば『あんた』とか『お前』もダメなんだっけ？」

つくづく難しい世の中になったものだ。もっとも、だからこそ自腹を切り、忙しい時間をやりくりして外部の「ハラスメントセミナー」と「アンガーマネジメントセミナー」を立て続けに受講したのだ。そこで習ったことを要約すると「訴えられるリスクを考えて冷静に判断せよ。言動には常に注意を払い、揚げ足を取られるな。『ハラスメントされた』と言われたら管理職は圧倒的に不利」であり、「怒りはコントロールできる。なんで腹が立つのかを客観的に分析せよ」だった。

どちらも勉強にはなったけれど、継続的に実践し、習慣になるまで身に付けることはとてもではないが私には無理だと思った。

「正直、途中で何度も怒鳴りたくなった。けど、その後のことを想像したら……」

本音だった。真剣に叱ったとして、あの彼には通じそうもない。むしろ逆恨みをされてあちこちで陰口を叩《たた》かれ、挙句の果てにハラスメント相談窓口に通報されるのが関の山だ。そう考えると馬鹿々々しくなって何も言う気になれなかった。

「とりあえず印刷はギリギリ止めることができましたので、これから委託先に出向いてお詫《わ》びをしてきます」

「私も行こうか？　あそこの社長とは古い付き合いだから」

「いえ、大丈夫です。これぐらいは自分で何とかします。そもそも数週間前から何かコソコソやってるな？　とは思っていたんです。遠慮せずに声をかければ良かったと後悔してます。パワハラとかモラハラと言われるかもしれませんが、やはり上司として介入すべき時は時機を逃さずに口を出すべきでした。なので、これは自分で片を付けます」

本当に偉いなと思った。

「分かった、じゃあ任せる。でも困ったことがあったら遠慮なく言って頂戴。上司を使いこなすことも良い仕事をする上では大切なことよ」

課長は慇懃《いんぎん》に頭をさげると下がっていった。私も部を預かって、まだ数年ほどだが、彼にならこの席を譲っても大丈夫かもしれない。いや、きっと、彼なら私よりも上手《うま》くやるだろう。そう考えたら、不意に溜《た》め息《いき》が零《こぼ》れた。

「なんだなんだ？　溜め息なんかついて」

ふと声の方を見やると勝田《かつた》さんが近づいてくるところだった。

「勝田さん！　どうされたんですか」

思わず椅子から立ち上がった。久しぶりに見た勝田さんは随分と白髪が増え、少し痩せたようだった。

「うん、研修を受けに来たんだ」

「研修？　勝田さんがですか」

人事からの案内では、確か今週は一つしか研修は予定されていない。

「えっ、もしかして……、キャリア・リプロダクト研修ですか？」

驚いた。あの研修の対象は五十五歳以上で直近の人事考課が下位十パーセントに位置する社員だ。まさか、あれに勝田さんが呼ばれるとは思ってもみなかった。

「うん、舌を嚙《か》みそうな名前だけど、分かりやすく言えば早期退職推奨研修だよね。まあ、人事の連中も気まずそうな顔をしてたよ。受講させられてるこっちが気の毒になっちゃうぐらいにね。なんせ、俺たちはバブル入社世代だから頭数が半端ない。一人ひとりの肩を叩くのは大変だろうから、できるだけ素直に早期退職制度を選ぶような流れを作りたいんだろう」

「で、どうするんですか？　辞めちゃうんですか」

「まあ、早期退職に応じれば退職金にも色が付くって言うし、そもそも研修に呼ばれた時点で会社から『お前はお払い箱だ』って言われたようなものだろう？　そこまで言われたら辞めざるを得んよ。けど……、再就職先として目星をつけていたいくつかに連絡をしてみたけど、どこも芳《かんば》しい返事はもらえなかった」

「……そうですか」

二の句が継げなかった。

「まあ、最悪はアルバイトとして、うちの会社で使ってもらうよ。なんせ家から自転車で通える範囲にいくつも店があるからね」

パートやアルバイトが羽織る臙脂色《えんじいろ》の制服を身に着けた勝田さんを思い浮かべた。

確かに、勝田さんならどんな仕事も上手にこなすだろうけど……。

「じゃあ、そろそろ帰る。邪魔したな」

「えっ、帰っちゃうんですか？　泊まりじゃないんですか」

「うん、明日も朝一のシフトなんだ。一応、再来月《さ》までは正社員だからね、キツい時間帯を受け持たないと。とりあえず身の振り方が決まったら連絡する。じゃあな」

私は遠ざかる背中を見送った。その背筋をピンと伸ばして歩く姿は昔と変わらない。

ぼんやりしているとスマホが小さく震え画面にアラートが表示された。

【間もなく出発の時間です】

そうだった、来週銀座にオープンする新店を、視察する予定があったのだ。

「ああ、疲れた……」

溜め息と一緒に独り言が零れた。無意識のうちに独り言が出てしまうようになったら老化の始まりだと聞いたことがあるけれど、だとしたら私もいよいよ年寄りの仲間入りかもしれない。でも、あれはさすがに溜め息が出てしまう。

先ほど見てきた新店舗は、若手社員の特別プロジェクトチームが提案した実験店で、店内告知からメニュー、オーダーの受付まで一切合切タブレット端末や液晶モニターを使うという代物だった。当然ながら表側の見えている部分だけでなく、裏側で捌《さば》く受注や調理指示、会計処理などの類《たぐい》も全てデジタルに置き換えるという。

確かに従来の紙に印刷されたポスターやPOPなどは、季節に応じたメニューの改廃のたびに入れ替え作業が発生し、大変な労力を費やしている。その上、デザインを決定してから店に届けるまでのリードタイムは、店舗網が全国に広がった今日では数週間は見ておく必要があり、柔軟性や機動力に劣ることは間違いない。

これがデジタルだと瞬時に全店舗に配信が可能であり、リードタイムといった概念そのものがなくなる。それに環境破壊が世界的な課題として取り上げられる昨今、大量の紙やプラスチックといった資源を使い捨てる従来の販促物は槍玉《やりだま》にあがりやすい。

けれど、新しいツールの導入は、店頭で働く一人ひとりの社員やパートにとって使いやすく、あわせて来店されたお客さんにも負担をかけないことが最低限の条件だ。その「使いなれる」「使いこなす」といったことを軽んじると大混乱が起きてしまう。

そんな店内を苛立《いらだ》って見ていると、同期で店舗開発部長の松丸《まつまる》君が声をかけてきた。

『どう、なかなかのものだと思わないか？　ちょっと心配してたけど、意外と良い出来栄えで驚いてるんだ』

確かプロジェクトのリーダーは、彼が可愛《かわい》がっている店舗開発部のホープだったはず。秘蔵《ひぞ》っ子《こ》の頑張りにどうやら鼻が高いようだ。

『それ、本気で言ってるの？』

私は気になっていた点をならべ上げた。けれど松丸君は意に介さない。

『言いたいことは分かるけど若い連中の意見も尊重してやらないと。やってみる前から、あれこれと口を出してたら部下は育たないよ。実際に転んで泣き出してから助言するぐらいで丁度いい。でないと、助けてやったありがたみも感じてくれない』

結局、私の指摘は無視された。まあ、杞憂《きゆう》に終わればそれでいいのだけれど……。

釈然としないまま、店を後にして駅へと向かった。とりあえず事務所に戻り、溜まっている決裁を片付けて、それから明日の会議資料に目を通さなければならない。

本当なら急いで帰るべきところだが、どうにも足が重い。すべてを放り出して飲みにでも行きたいところだが、一人で飲むと余計に落ち込みそうで怖かった。

ふと横を見やると、そこにはいかにも銀座らしい風格の古い建物があった。いくつかの石段の上に大きな木枠のガラス扉があり、金文字で『四宝堂《しほうどう》』とある。通りに面した窓から店内を覗《のぞ》くと、そこはどうやら文房具店のようだ。

そう言えばボールペンのインクが切れてしまっていて、どこかでリフィルを買おうと思っていたのだ。それにレポートパッドも残りが僅かなはず。よし、入ったことがないけれど、ここで買って帰ろう。

扉を押して店内に入ると、仄《ほの》かに甘い香りがした。何の匂いだろう？　普通のお香や芳香剤の香りとはちょっと違う。なにか懐かしい匂いだ。店内には、いわゆるBGMは流れておらず、窓越しに柳の枝が揺れる音が聞こえてきた。

「いらっしゃいませ」

奥の方から声が聞こえたと思ったら、直《す》ぐ近くの棚の間から男の人が姿を現した。薄いブルーのシャツに濃紺のネクタイを締め、チャコールグレーのパンツに黒革の紐《ひも》靴《ぐつ》という万人うけする格好をしている。口角を上げた表情は来店客を出迎えるに相応《ふさわ》しく、思わず心の中で「合格！」と言ってしまった。

店員さんは、私の近くまで来ると姿勢を正し、あらためて「いらっしゃいませ」と頭をさげた。

「あの、この替え芯と言うか、リフィルってありますか？」

私は鞄《かばん》からボールペンを取り出した。店員さんは一瞥《いちべつ》すると「はい、ございます」と即答した。

「ファーバーカステルのアンビションですね。よろしければ、こちらへどうぞ」

体を開くと優雅な身振りで奥へと私を誘《いざな》った。その先には会計カウンターにならんでガラスのショーケースがあり、高そうな万年筆やボールペンがならんでいる。

店員さんは私に軽く一礼しカウンターの中に入り、内側からA3用紙ぐらいの大きさの板を取り出してガラスケースの上に置いた。その板には濃緑のクロスが貼られている。どうやら客が持参した品を取り扱う際に、誤って傷などを付けてしまわぬように敷く物のようだ。

店員さんの手には何時《いつ》の間にか真っ白な手袋がはめられ、私が差し出したボールペンを恭《うやうや》しく受け取った。

「やはりアンビションで、バレルは『梨の木』ですね」

「バレル？」

「失礼しました、軸の部分のことです。アンビションはオリジナルのレジンバレルの他に、お客様がお使いの『梨の木』や『ココスウッド』つまり椰子《やし》の木などを軸に使っている特別な品があるのです」

「そうなんですか」

このボールペンは、私が部長に昇進したお祝いにと、勝田さんが贈ってくれたものだった。仕事一辺倒でなかなか買い物に出かける暇もない人が、私のために休日を潰して選んでくれたかと思うと、本当にありがたかった。しかもクロームメタルのキャップ部分には「Ｒｙｕｋｏ」と私の名前が刻印されている。

そえられた手紙には、次のようなメッセージが記してあった。

《部長昇進おめでとう！

一緒に仕事をした仲間として、本当に嬉《うれ》しく思います。

誰にも遠慮はいりません。

目一杯にやりたいことをやってください。

とはいえ、課長と部長は期待されている役割が大きく違います。

部長は将来を展望し、構造改革を推進するポジションです。

間違っても課長の仕事をたくさんこなすことに躍起になる「スーパー課長」にはならないように。

もっとも、龍子《りゅうこ》にそんな心配は無用だと思うけどね。

あと、部長は部長らしく見えることが大切です。

部下のためにも、会社のためにも、そして自分のためにも。

なので、服や靴、鞄はもちろん、時計や名刺入れなど人の目に触れるものは、多少背伸びをしてでも良い物を選んでください。

そして、それらが似合うように内面も磨いてください。

もちろん、少しずつで構わないから。


その第一弾としてボールペンを贈ります。

ぜひ使ってください。

勝田　優《まさる》》

勝田さんの字は、いわゆる教科書体のフォントそっくりで、目に優しくて読みやすい。嬉しくなって何度も何度も読み返したから、すっかり暗記してしまった。

もらったボールペンは木製軸の両端にクロームメタルのペン先とクリップがついた

洗練されたデザインだった。当初、軸の部分はもっと明るい色だったが、手の脂が染み込むのか、段々と深い色味へと変化している。時が経《た》つのに合わせて深みを増す文房具だなんて、さすがは美意識の高い勝田さんのチョイスだと感心した。

「インクはブルーですね。同じ物でよろしいですか?」

店員さんはキャップとペン先を軸から外し、インクカートリッジを取り出していた。

「そうですね。仕事で使うにはちょっと明るいかな? って最初は思ったんですけど、使い慣れたら、これもありかなって思って。それに、私の色だと周りの人たちが認識してくれたみたいで便利なんです。ちなみに、他には、どんな色があるんですか?」

「ブラックがございます。落ち着きのある、いかにもドイツ製といった色合いの黒なので、これはこれで味わいがございます」

店員さんは、ガラスケースから私の物とよく似たフォルムの一本を取り出した。

「こちらは、同じアンビションでブラックインクを装填していますので、試し書きをなさってください」

メモ紙と一緒に差し出されたボールペンを手に、私は少しばかり迷ってしまった。こんな時、何を書くものだろうか? とりあえず、横線を一本、縦線を二本、さらにグルグルと円を描き、最後に「あいうえお、カキクケコ」と書いてみた。

「当たり前ですけど、書き心地は一緒ですね。でも、黒はちょっと見た目が重たいかな。慣れの問題かもしれませんけど。やっぱり青をください」

「かしこまりました」

私の手からボールペンを受け取ると、ケース内に戻し、そのまましゃがみ込んだ。どうやら在庫を探しているようだ。

ほどなく店員さんは少しばかり困ったような顔をして立ち上がった。

「あの、申し訳もございません、こちらに置いておくべき在庫を切らしておりました。すぐに取ってまいります。お急ぎのところ、本当に申し訳もございません」

そんなに恐縮されてしまうと、こちらが困ってしまう。

「ああ、いえ。大丈夫ですよ、慌てなくても」

「いえ、すぐ取ってまいります。よろしければ交換もしておきますが、インクの切れてしまったものはいかがいたしましょう？　処分してもよろしいでしょうか？」

「はい、そうしてください」

「それでは、在庫を用意しまして交換が終わりましたらお声がけしますので、どうぞ店内をご覧になってください。では」

店員さんは私に一礼するとカウンターの内側から足早に出ていった。ショーケースの上に置かれた濃緑の板の上には、何時の間に整理したのか、分解された私のボールペンが展開図のように綺麗《きれい》にならべられている。

その様子にクスッと笑うと、私は回れ右をして通路を奥へと進んだ。そうそう、レポートパッドも選ばなくてはならない。そういった紙類はどこにあるだろう？

床材はワックスで丁寧に磨かれており、じっくりと樽《たる》で寝かせたシングルモルトのような飴色《あめいろ》だった。壁と天井は漆喰《しっくい》仕上げのようで、白一色ながら微妙な凹凸が陰影を作るからか卵の殻のような温かみを感じさせる。

しばらく行くと、壁際の一角にノートやメモ用紙、レポートパッドなどの紙類がならべられた棚があった。すぐに普段使っている「ＬＩＦＥ　ファースト」のＡ４サイズを見つけることができた。ちょっと大きめの方眼が薄く印刷されていて、私のボールペンとの相性も抜群に良い。

ちょっと重たいけれど、すぐに使い切ってしまうことを考えて、五冊ほど手に取った。小さなことかもしれないけれど、気になっていたことが一つ片付くかと思うと、少しばかり気分が良くなった。

そのまま壁沿いに歩いて行くと、とても幅の広い引出しがかなりの高さまで設《しつら》えられている棚に出くわした。その棚は私の背よりも遥《はる》かに高く、すぐ脇には手すりの付いた大型の脚立が用意されていた。引出し一段一段は数センチほどと浅く、右端には真鍮《しんちゅう》製と思《おぼ》しき見出しホルダーがあり、丁寧な文字で『ケント紙・白』や『画用紙・A1サイズ・白』『マーメイド紙・A2サイズ』などと内容物が記されている。

試しに腰ぐらいの高さの一段を手前に引いてみた。真鍮製の見出しホルダーの色味や棚そのものの風合いなどから察するに、相当に古いものだと思うけれど、引出しはすーっと静かに引くことができた。そこにはA1サイズの一ミリ方眼紙が入っていた。パソコンがなかった時代には、手書きで表やグラフなどを書くのに使ったと聞いたことがあるが、今でも必要とする人がいるのだろうか？

軽く押すと、すーっと進みながら、最後の数センチほどはゆっくり閉まる。どうやら古そうに見えるけれど、サイドレールは新しいものに交換されているようだ。外見の味わいはそのままに、内部の構造物は最新技術を取り入れたものに交換するのは最近の流行《はや》りだったりする。「昔は良かった」というような人でも、そのころの不便さまで歓迎する訳ではないのだから当たり前と言えば当たり前だ。

数段ほど、開けたり閉めたりをくり返していると、模造紙の引出しに目が留まった。白、水色、ピンク、黄色、山吹……。特に白の引出しはたっぷりとした量が用意されていた。

こんなにもたくさんの在庫を抱えるだなんて……、この近くには学校なんてあるようには思えないし、誰が使うんだろう？　会社やお店で模造紙を使うところが今どきあるんだろうか？　そんなことが頭を過《よぎ》った。

指先でそっと模造紙の表面を撫《な》でてみた。そのレポートパッドやノート、コピー用紙などとはちょっと風合いの異なる感触に、私はある場面を思い出していた。

『おい、龍子、張り合わせる時はちゃんと縦横をキッチリ合わせないと。試作とはいえ、俺たちにとっては大切な作品みたいなものなんだからさ』

勝田さんは細かな注文が多く、最初のころは正直面倒だなと思った。けれど人にあれこれと注文を付けるだけあって繊細な作業がとても上手だった。実際、勝田さんが手がけたポスターや幟《のぼり》の試作品は、まるで印刷所から納品されたばかりの機械出しの見本かと思うような出来栄えばかりで、私は何時も感心していた。

『ほら、誰かに端を押さえてもらったほうが上手く貼れるだろう？　だったら遠慮なんかしないで周りに声をかけろ』

指先で模造紙に触れているだけなのに、そんな声が蘇《よみがえ》ってくるようだ。

「大丈夫ですか？」

ふと声のする方を見ると、先ほどの店員さんが立っていた。その表情は少しばかり驚いているように見えた。

「あの……」

戸惑っている様子でやっと気が付いた。私の頬を涙が伝っている。

「ああ、ごめんなさい。その、ちょっと……」

慌てて鞄の中からハンカチを取り出すと、目元を押さえた。それが良くなかったのかもしれない、私はその場にしゃがみ込んでしまった。

「本当にすみません」

気が付けば腰をかけていた。そこは小上がりのようなところで、私は背中を丸めて向かい側の壁を眺めていた。

「いえ、落ち着かれたようで、安心しました」

床にしゃがんで私の様子を見ていた店員さんはゆっくりと立ち上がった。

「お急ぎでなければ、もう少しそのままお座りになっていてください。すぐに戻ってまいりますので」

そう言い置くと、早足でどこかへと行ってしまった。

一人残された私は、ぼんやりと辺りを見回した。窓の外に見える柳の背格好を見る限り、ここは二階のようだ。窓の反対側には階段があり、どうやらあそこを上がって来たらしい。

私が腰かけている小上がりの向かい側には、床から天井まで様々な引出しや戸棚が設えられ、その奥には古そうな机がひとつ置いてあった。真ん中のスペースには会議室の机をひと回り大きくしたような台がロの字を描くようにして置いてある。全体的にガランとして、放課後の図工室か、主人が留守のアトリエといった趣だ。

私は深呼吸をするとゆっくり立ち上がった。床は一階と同じような木材が敷き詰められ、こちらも手入れが行き届いており鈍い輝きをたたえていた。ロの字を描くように配置された横長の机は、しっかりとした太い骨格に台車用と思しきゴムを履かせた大きなキャスターが付いている。天板は分厚い板で、所々カッターか何かで切り付けられた跡や、ハンマーか何かがあたったような凹《へこ》みがある。

そのざらっとした天板の手触りに、まだ駆け出しのころの毎日を思い出していた。

『龍子さぁ、これ、ちゃんと寸法合ってる？』

『どれのことですか？』

『だから、これ。百均野菜トッピングの卓上ＰＯＰ』

　勝田さんはバイク便で印刷所から届いたばかりの見本を手にしていた。席から手を伸ばして受け取り、定規を宛ててみる。

『うっ……、縦十五ミリ、横が八ミリ大きいです。奥行きも三ミリはみ出てます』

　当初は百円玉のイラストと野菜の写真を組み合わせ「百円均一！　新鮮野菜トッピング　いかがですか？」のコピーだけのシンプルなデザインだった。しかし、野菜の写真それぞれに「トウモロコシ」「キャベツ」「なす」「アスパラガス」「パプリカ」といった文字を重ね入れたのに合わせてバランスを調整し、それで全体的に少し大きくなってしまった。もちろん、デザイン会社からは寸法を変更して問題ないのかといった確認のメールが来ていたが、忙しさにかまけて深く考えずに「問題ありません」と返信をしてしまった。本来は上司である勝田係長に相談するべきだった。それを事後報告すら忘れていた。

『うーん、奥行きと幅は何とかなるにしても、高さだな。古い店のカウンターだと頭がぶつかっちゃうかも。えーっと、古いカウンターの店舗数はっと』

　勝田さんは私を叱るでもなく、パソコンで店舗設備のデータ検索を始めた。私は席から立ちあがり頭を下げた。

『すみません、私のミスです』

『うん、気をつけろよ。でも、印刷はしちまったにしても加工はまだなんだ、ここから取り返せることは、すぐにやろう。横と奥行きはカットの工程でギリギリまで詰めてもらえ。ざっと調べた限りだが、高さNGなのは十店ほどだ。それぐらいなら、俺たちが手作業で対応すればなんとかなる。とりあえず大急ぎで加工委託先に修正の連絡をするんだ』

見本を私から取り戻すと、勝田さんは小銭入れを手に立ち上がった。

『あの、どこに行くんですか？』

私は受話器を手にしたまま尋ねた。

『うん？　ああ、営業部の華原《かはら》次長に話しておこうと思って。華原さんが「分かった」って言ってくれれば、店からクレームはあがってこない。早い段階で耳に入れておけば何とかなる。この時間だと、自販機前にいるはずだから。話しておくよ』

『あの、私も行きます』

『いや、いい。龍子は委託先に連絡することに集中！　頭を下げるのは俺の得意技なの知ってるだろ？　だから心配するなって』

そう言い置くと部屋から出て行ってしまった。私がその後ろ姿に頭を下げると、背中に目でもついているのか、軽く手を挙げて応えてくれた。

私は実家の近くにある地方の小さな女子大の家政科に通った。特に取り柄がある訳でもなかったけれど、食べることが大好きなので料理は得意だった。大学には結構まじめに通ったこともあって、卒業までに調理師と栄養士の資格を取得した。

就職活動を始めるにあたり、当初は取ったばかりの資格が活《い》かせるであろう公立校の給食職員の仕事を探していた。けれど、少子化の流れもあってか採用数は少なく、また、民間業者への委託が進んでいて、思うように内定はもらえなかった。

そんな折に、しょっちゅう通っていたカレーショップ『わがままスプーン』の店内に掲示された「社員募集」のポスターに目がとまった。

『わがままスプーン』のオリジナルカレーは大盛りライスでも五百円とコスパがよく、様々な具材が溶け込んだルーが絶品で、学食のそれよりも断然美味《おい》しかった。さらにトッピングであれこれアレンジできるところも人気だった。実際に私も週に三回は通うほど、その味に惚《ほ》れ込んでいた。

募集ポスターを目にしたその日のうちに応募をし、必死に志望動機などをアピールした甲斐《かい》もあって、無事に入社することができた。内定の連絡をもらった日も近所の『わがままスプーン』に出かけ、前祝としてロースカツをトッピングして食べたことを良く覚えている。居心地の良い店内をしげしげと眺めながら「ここで私も働くのか……」と感慨に耽《ふけ》った。そして店員さんの「お待たせしました！　ゆっくり、お召し上がりください」の言葉に「はい！　ありがとうございます！」と大きな声で返事をしてしまった。マニュアル通りの言葉だったはずなのだが、なんだか私を歓迎してくれているようで嬉しかった。

揚げたてサクサクでジューシーなカツとカレーの相性は抜群で、それを頰張りながら心の中で強く誓った。

『美味しい！　最高！　よし、私が入社したら、栄養満点で美味しいだけじゃない、見て楽しくて、季節を感じられるメニューをバリバリと開発してやる！』

そんな大きな夢を膨らませ、私は『わがままスプーン』に入社した。そして一年間の店舗勤務後に希望が叶《かな》って「商品企画課」に配属された。けれど……、それは傍流の「販売促進係」だった。

販売促進係の仕事は、課内の本流である商品企画係のメンバーが作った新メニューや季節限定品を店内外で告知するポスターや幟、ＰＯＰなどを手がけることだった。

そこで待っていたのが勝田係長だった。

勝田さんは有名美大の出身で『本当は漫画家かイラストレーターになりたかったん

だ』と言うだけあって、プロとして通用しそうなほど絵が上手な人だった。しかも手先が器用で、職場で何か壊れたり不具合があると総務よりも先に勝田さんに声がかかるほどだった。そんな便利な人だからか社内での顔はやたらと広い。

そして、誰とでも仲良くなれるといった特技があった。店舗勤務で鍛えられたとあって、年上への礼儀を欠かさないのはもちろん、自分よりも若い世代とも誰彼分け隔てなくフランクに付き合う人で後輩からも絶大な人気があった。

異動初日に私が『森村龍子です』と挨拶すると、勝田さんは『りゅうこ？』と下の名前を復唱した。

『りゅうこって、タイガー・アンド・ドラゴンの龍虎？　なんだか強そうだな』

『そんな訳がないでしょう……。龍の子どもで龍子です』

『あはは、やっぱり？　でも、あれだな森村って呼ぶより、龍子の方がお前には合ってるな。ってことで、龍子って呼ぶから』

今ならモラハラで訴えられるかもしれない。でも、私は勝田さんから『龍子』と呼ばれるのが嫌じゃなかった。なぜだろう？　多分だけれど、勝田さんは上司というよりも、歳《とし》の離れた兄や従兄《いとこ》のような気さくな雰囲気だったからかもしれない。

ちなみに「販売促進係」は係と呼ばれてはいるが、係長の勝田さんと私だけの小所帯。一方、商品企画係は一係から四係まであって、それぞれ少なくても五人、大きなところは八人もの係員がいる。それらと比べると随分小さい。

『係って名前を返上した方がいいんじゃないですか？　二人ぼっちなんですから』

私が自虐的な愚痴をこぼしても勝田さんは意に介さず笑っている。

『少数精鋭って言うだろう？　多ければいいってもんじゃない。まあ、どうしても龍子が嫌だって言うなら係ってのをやめて、班とか隊にしてもいいけどな。おお、販売促進隊なんてどうだ？　なんか強そうじゃないか』

二人っきりの係だけれど、仕事の量は半端なかった。毎月のように新メニューや季節限定品が開発され、そのポスターや幟、ＰＯＰを作る仕事を二人だけでこなさなければならない。しかもデザインなどは商品企画係の人たちに主導権がある。私たちは彼・彼女らの下請け仕事をさせてもらっているといった態《てい》で『どうですか？』『これでいいですか？』と確認しなければ何も決められない。それでいて、ミスが起きればやっかいな調整は全部私たちに押し付けてくる。どうにも私にはやりがいを感じられない毎日だった。

そんな時、勝田さんは『俺たちは誰のために仕事をしてるんだ？　商品企画の連中のためにやってる訳じゃないだろう？　一生懸命に働いて「ああ、腹が減ったな。さぁ、今日は何を食べようか？」って思った人に「わがままスプーン」を選んでもらい、そして、お店にやってきた人に「へー、これは美味しそうだな」って思ってもらうために働いてる訳さ。違うか？』と諭してくれた。

そんなことを言いながら、勝田さんは何時も商品企画係の人たちのワガママを最大限に聞いてあげられるようにあれこれと努力をしていた。それでいて、そのしわ寄せがデザインや制作を委託している外部の協力会社さんには絶対に及ばないように配慮することも忘れない。当然ながら、その帳尻合わせは常に私たち二人でやらなければならなかった。

特に予算は常にカツカツなので、デザイン検討のための試作品なども手作りできそうなものは、自分たちで作ることが多かった。メニューや卓上告知POPみたいな小さなものはもちろん、ポスターや店の外に設置する幟や大判サインなども。

『いいことを教えてやる。あのな、俺の知る限り、形あるものは模造紙さえあれば大概何でも作れる』

『何でもですか？』

『ああ、そうだ。色んなものを模造するための紙だから模造紙って言うんだ』

『ほっ、本当ですか？　へぇー、なるほどなぁ……』

『……嘘《うそ》に決まってるじゃん。その昔、上質な紙に模して造っていたころの名残らしいよ。まあ、くわしいことは俺も知らないんだけどね。それにしても、龍子が相手だと、冗談も休み休みに言わないと間違ったことを教えることになるな』

しかも勝田さんは、どんな物でも必ず実寸大の試作品を作り、実店舗に持ち込んで見栄えを確認することにこだわった。本社から比較的通いやすい店の店長には無理を言えるような人間関係を構築しているとはいえ、やはりお客さんがいる営業時間内は無理なので、店休日や深夜・早朝といった営業時間外に行くことになるのだが、必ず実際の店舗に設置をしてみてお客さんの視線でどのように見えるのかを細かくチェックしていた。

『「現場、現物、現実」この三つの現で確認することが大切なんだ。俺たちみたいな本社にいる人間は、意識して店舗に出向かないと現場感が失われてしまう。実際に使おうとしている現物を現場に持ち込んでみて、使い物になるかどうかをシビアに見る。そして、その良し悪《あ》しを見極める際は、現実を素直に受け止めなければならない。自分の都合で歪めてしまわないようにな。この三つの現を基準にして判断しないと必ずミスが起きる。もちろん、どんなに一生懸命にやったとしても、何かしらの見落としや勘違いはあるかもしれない。けれど、できうる限りのことは面倒臭がらずに何でもやり尽くすっていう努力を怠ったらダメなんだ。だって、「あの時にちゃんと確認すればよかった」ってな後悔はしたくないだろう？』

もう、耳にタコができるほど聞いた。

そんな仕事の進め方をすることもあって、販売促進係の机のまわりには模造紙や画用紙、油性ペンにガムテープ、両面テープなどがあふれていた。何時も勝田さんが近所の文房具店からケース単位で買って来て『ほら、じゃんじゃん使え。ああ、もちろん無駄遣いはダメだぞ。かと言って、もったいないから使わないってのもなし』と、言っていた。

特に季節限定品と新商品の発売が重なる時期などは、まさに地獄のような忙しさで、アパートに帰る暇もなく徹夜になる日もあった。作業ばかりが続くとあって、私は何時も着古したトレーナーとジーンズだったり、デニムシャツにカーゴパンツといった、倉庫で作業をするような格好で出社していた。何かの折にホームセンターで見つけた道具袋が付いたベルトを腰に巻き、そこにカッターや軍手、ガムテープにマジックなどを突っ込んで、朝から晩までずっと試作品作りばかりをこなす毎日が続いていた。

そんなボロボロの私とは対照的に、商品企画係の同期たちは「市場調査」と称して、話題となっているレストランやカフェに出かけるべく、お店のドレスコードに合わせてお洒落《しゃれ》な格好をして定時に退社する。そんな楽しそうな彼女たちの後ろ姿をぼんやり眺めながら、私は大きな溜め息を零した。

『何を溜め息なんかついてるんだ。幸せが逃げちまうぞ』

会議から戻ってきた勝田さんの手には二本の缶コーヒーがあった。一本は勝田さん愛飲のブラックで、もう一本は私が好きなミルクたっぷりのカフェオレだった。差し出された缶を『いただきます』と頭をさげて受け取る。

『商品企画のみんなは市場調査ってことで、会社のお金でこれから美味しいものを食べに行くんです。今日は六本木にできたばかりのタイ料理のお店だとかで、グリーンカレーを食べるって言ってました。六本木かぁ……、二次会まで予約してあるそうですよ。だから、みんなあんなにお洒落して……』

『なんだ、羨ましいのか?』

『別に、ちっとも！　……だいたい、こんな汚れた格好で、ボサボサの頭にガサガサの肌の私が、そんなお洒落なお店に入れる訳がないじゃないですか？　忙しくて洋服を買いに行くのはおろか、美容院すら何ヶ月も行ってません。お店の入り口に立ったとして「ああ、通用口は裏手だよ」って冷たく言われるのが関の山です。だいたい、そんなお洒落な街のお洒落なレストランで飲み食いしたところで、それが新メニューの参考になるんですかね？　うちみたいな庶民に普段着で通ってもらうようなカレーショップが』

勝田さんは少しばかりバツの悪そうな顔をした。

『……すみません、八つ当たりですよね』

私は缶コーヒーのタブを引いて開け、口をつけた。甘いはずなのに酷《ひど》く苦く感じた。

『いや、俺の方こそすまん。自分が仕事人間だからって、部下の龍子にまで同じような働かせ方をさせてしまった。申し訳ない』

勝田さんは缶を机に置くと、膝に手を突いて頭をさげた。

『そんな……、やめてくださいよ、もう！　ひらひらした格好で嬉しそうな顔して出かけていった商品企画のみんなが少しばかり腹立たしかっただけです。だいたい、私は、どこのカレーよりも「わがままスプーン」のオリジナルカレーが一番好きです。私みたいに疲れ果ててボロボロの客が入って行っても、笑顔で「いらっしゃいませ！」って温かく迎えてくれる。そして少しも待たせることなく美味しくて熱々のカレーを食べさせてくれる。どんなにイラ立ったお客さんでも、良い匂いのする店内に入っただけでホッとして、ひと口食べれば笑顔になれる。そんな魔法みたいなカレーが大盛りでも五百円。そんな凄《すご》いお店、他所《よそ》にないでしょう』

なんだか訳が分からないけれど、話している途中から涙が止まらなくなった。

『龍子がうちのカレーを愛しているってことは、良く分かった。けどな、商品企画の連中も必死なんだ。変わっていないように見せつつ、時代に合わせて少しずつ変えていかなければ飽きられてしまう。しかも、変わったって気付かれない程度にちょっとずつ、ちょっとずつ変えなきゃならないから、余計に難しい。その上、季節に合わせた企画品みたいに分かりやすい新メニューも投入しながら、あれこれと工夫をし続けなければならないんだ。そのために、あちこちに出かけていって味を探して回るのも大切な仕事なんだよ』

『……』

何か言い返そうと思ったけれど、何も言葉が浮かばなかった。

『もちろん、そんなことは龍子も分かってると思う。ただ、仕事に忙殺されて気持ちがささくれ立ってるだけだってね。そうさせたのは俺だと思うから……。すまん』

『……私、商品企画をやりたくて会社に入ったんです。店舗で働いてる時から、休みの日には、競合店のカレーを食べてみたり、話題になってるお店に行ってみたり。カレーを研究するためのノートを作って、あれこれと自分なりに新商品のアイディアを考えてみたりしてたんです。何時か、商品企画に行けたら提案してみようって』

『うん……』

『でも、そんなの無駄なことでした。ただの自己満足。今の私に求められているのは、商品企画のみんなが考えたメニューを、いかに美味しそうに見せるのか？　ってことです。だから……、最近はあちこちで目についたポスターとか幟とか、あと印象に残ったコマーシャルとかをメモしてるんです。どうやったら美味しそうに見えるのか、シズル感が伝わりやすいフォントとか配置の仕方とか……。なんだかんだ言って私も立派な仕事人間ですよね？　きっと勝田さんと一緒に働いてたから染まっちゃったんですよ』

そこまで話すと、私はハンカチを目に当てて俯《うつむ》いてしまった。勝田さんは、ほんの少しだけ口を開きかけたけれど、結局、何も言わずに私の涙が止まるのを待っていてくれた。多分、何か思うところがあったはずだけど、あえて黙っていたのだろう。

その日、残業を片付けて帰り支度をしていると、勝田さんから『ちょっと付き合えよ』と誘われた。どこか居酒屋にでも飲みに行くのかと思ったが、ついた先は事務所から少し離れたガード下にある『わがままスプーン』だった。

かなり遅い時間だったけれど、店内は大勢のお客さんで賑《にぎ》わっていた。近所の飲食店で働く人や、これから深夜の仕事を始める前に腹ごしらえをするといった人たちが、美味しそうにもりもりとカレーを食べていた。

勝田さんは店長に軽く手をあげると、私をカウンターの端に座らせ、自分はバックヤードに行ってしまった。すぐに戻って来たが、先ほどまでの上衣からアルバイト用の臙脂の制服に着替えていた。

『何やってるんですか？』

『何って、見たら分かるだろう？　そもそも、俺はここのアルバイトから正社員に登用されたんだもの。ここは俺にとってホームグラウンドみたいなところなのさ。ちょっと待ってろよ』

私の前にお冷を置くと、勝手知ったる様子で厨房《ちゅうぼう》へと消えて行った。カウンターから身を乗り出して覗いてみると、なにやら調理をしている。

結局、五分ぐらい待っただろうか。勝田さんがお皿を手に戻ってきた。

『はい、お待ちどおさま』

それは大皿に山盛りのトッピングがされた『わがままスプーン』のカレーだった。

『なんですか、これ？』

『見ての通り、うちのオリジナルカレーに載せられるだけトッピングを載せたんだよ。名付けて「龍子も喜ぶ超わがままカレー」。さあ、俺の奢《おご》りだから遠慮せずに食え』

ライスとルーのうえには素揚げされたナスやパプリカ、ピーマン、それにグリルでじっくりと火を通したレンコン、かぼちゃ、ジャガイモ。バターで炒《いた》めたフレッシュコーンやニンジン、ほうれん草。ハーフサイズのロースカツにコロッケ。仕上げとばかりに目玉焼きまで。値段も凄いだろうけど、カロリーも大変なことになりそうだ。けれど、今日は忙しくてお昼にコンビニのおにぎりをひとつ食べたきりで、お腹《なか》はぺこぺこだった。

『いただきます』

何時もの味のはずなのに、なぜだか普段より何倍も美味しく感じた。

「お客様、大丈夫ですか？」

不意に声をかけられて慌ててふり向くと、お盆を手にした店員さんが立っていた。

「すみません、ご迷惑をかけてしまって」

「いえ、とんでもございません。あの、喉が渇いていらっしゃるのではと思いまして、お茶を用意しました。よろしければ飲んでいってください」

店員さんはお盆を作業台に置くと、ポケットから名刺入れを取り出した。

「すっかりご挨拶が遅くなりまして……、『四宝堂』文房具店を営んでおります、宝《たから》田硯《だけん》と申します」

私は両手で名刺を受け取った。それは最近あまり見かけなくなった、しっかりとした厚さのある紙に活字で刷られたもののようで、文字の部分がほんの少しだが凹んでいる。メールアドレスが書き添えられていなければ、まるで昭和のはじめか大正時代に使われていたものが現代に紛れ込んだような趣がある。

ふと私の鞄はどこだったろうか？　と辺りを見回すと、小上がりの隅にちゃんと置いてあった。そちらに戻って名刺入れを取り出すと、宝田さんに差し出した。

「色々とご迷惑をおかけしました。森村です」

私の名刺を受け取ると「あーっ」と宝田さんは声を漏らした。

「ほっとぽっとホールディングスと言いますと、あのカレーショップの『わがままスプーン』とか、スープスタンドの『ほっとぽっと』を展開されている会社ですよね？　そうでしたか……、実は時々利用させていただいております。美味しいですよね。それに庶民の味方といいますか、財布に優しい値段で大変助かっております」

確かに銀座や有楽町《ゆうらくちょう》、日本橋界隈《にほんばしかいわい》にも小型店やテイクアウト専門店をいくつか開いているけれど、こんな老舗《しにせ》っぽい文房具店の主《あるじ》が利用しているとは思わなかった。

宝田さんは私の名刺を大事そうに名刺入れに仕舞うと作業台に置き、一脚の椅子を引いて「どうぞ」と私に勧めてくれた。

「ほうじ茶です」

私が腰を落ち着けると、益子《ましこ》焼のような白い釉薬《ゆうやく》のかけられたゴロンとしたデザインの茶碗《ちゃわん》に急須の中身を注《つ》いでくれた。

「いい香り」

「ありがとうございます。さあ、どうぞ」

促されるままに茶碗を手にした。ひと口含むと、優しい香りが鼻へと抜けた。思わずほっと息が零れる。私は茶托《ちゃたく》に茶碗を戻すと傍らに立つ宝田さんに向き直った。

「なぜ、何も聞かないんですか？」

宝田さんは黙ったまま小さく首を傾《かし》げただけだった。

「こんなオバサンが、文房具店でボロボロ泣いてるだなんて尋常じゃありません。場合によったら警察に通報されててもおかしくない。だって、ここは銀座なんですから」

「暴れたり大騒ぎをしている訳ではないのですから。誰かに迷惑をかけたりしない限り、銀座の人はそっとしておいてくれるはずです。少なくとも、私はそうありたいと思います」

宝田さんはゆっくりとした仕草で私の斜め向かいの椅子に腰を降ろした。

「お預かりしたボールペンのインクは交換が終わりました。レポートパッドもレジに取りおいてありますので、お帰りの際にお声掛けください。合わせて会計をさせていただきます」

「ありがとうございます」

宝田さんは小さく口元に笑みを浮かべた。

「とんでもないことでございます。それにしても綺麗な『ありがとうございます』ですね。どうにも、私はお礼を伝えるのが下手でして。『重すぎる』と言われる方もいらっしゃるかと思えば、『軽すぎる』とお叱りを受けることもございます。つくづく感謝の気持ちを伝えることは難しいなと思います」

私は小さく頷《うなず》いた。

「そうですね……、私もしっかりと感謝の気持ちを伝えなければと思うときほど、上手に言えていないような気がします」

「そのようなことがあるとは……、にわかには信じがたいです」

私は目の前のほうじ茶を満たした益子焼に視線を落とした。ところどころ茶葉のかけらが浮かぶほうじ茶は、私が記憶するスープカレーの色によく似ていた。それに気付いて思わずクスッと笑ってしまった。

「ごめんなさい。泣き止《や》んだと思ったら、今度は急に笑ったりして」

「いえ、やっと笑っていただけて、少し安心しました。しかし、いかがされたのですか？　お出しした茶に何かおかしなところがありましたでしょうか？」

心配そうに茶碗に視線を注ぐ宝田さんに、私は自分が知っているスープカレーに何となく似ているなと思ったことを説明した。

「スープカレー？」

宝田さんの声がひっくり返った。さっきまでの落ち着いた雰囲気とのギャップに、思わず噴き出してしまった。

「どうやら、そのスープカレーには、色々と思い出がおありなんですね」

その問い掛けに私は小さく頷いた。初めて会ったばかりなのに何故《なぜ》だろう？　宝田さんには、何もかも話してしまいたくなるような不思議な魅力がある。

あれは私が販売促進係に異動して三年目のことだった。もうすぐ桜が開花するといったころ、早くも秋冬の新商品の検討が始まっていた。その年は、数年前から開発を進めていた「スープカレー」を投入する予定になっており、幹部や役員を集めての試食会が毎日のように開催されていた。私も課内の試食会に参加させてもらったが、野菜の旨味《うまみ》が存分に引き出された滋味深いスープが絶妙で、思わず唸《うな》ってしまうほどの出来栄えだった。

開発を担当した商品企画一係のメンバーの意気込みは相当で、通常であれば秋冬の新商品は寒くなるのが早い北海道や東北から順に導入し、一ヶ月半から二ヶ月ぐらいをかけて全国展開を完了させる、いわゆる「紅葉《もみじ》前線方式」を採用するのだが、今回は十一月一日に「全国一斉導入」をするという。

しかし、この商品企画一係が全力で取り組んでいる案に対して、勝田さんは珍しく疑問を呈した。普段であれば、どんなメニューや計画だったとしても否定するようなことは一切口にせず、商品企画が希望した通りに展開できる方法を必死に考えるといった勝田さんの反対なだけに、みんなの受け止め方は様々だった。

『スープカレーそのものを否定したり、味の完成度に文句をつけてる訳じゃない』

社長や主だった役員らが参加する新商品導入決定会議を翌週に控えたころ、各課の係長以下の実務担当者が集まる打合せがあった。その場で導入反対の立場である勝田さんが口を開いた。

『じゃあ何が不満だって言うんだ』

スープカレーを主導する商品企画一係の右田《みぎた》係長が語気を強めた。右田係長と勝田さんは同期入社で、店舗スタッフのころからライバルだったと聞いたことがある。

『俺が言いたいのは、「わがままスプーン」の通常メニューに、スープカレーを追加しても上手く行かないってことだ』

勝田さんは席を立つと理由を説明した。『わがままスプーン』の主な客層は十代から三十代の男性で、その多くは一名か多くても三名程度の少人数。平均客単価は六百円で滞店時間は概《おおむ》ね十分前後。午前十一時半から午後一時までの一時間半で一席あたり六回転はする計算になっている。

けれど、今回のスープカレーはベースとなるスープやオーブンで焼いた骨付きの鶏《とり》肉《にく》をメインの具とすることなどもあって食材原価が高くなり、どう頑張っても価格は八百円を超えてしまう試算になっていた。

事前の調査では、目新しさもあってなんとか及第点を獲得してはいるが、女性モニターの高評価と比較して男性のそれは微妙な反応に留《とど》まっていた。どうやら、美味しいけれど少々あっさりしていて、がっつりと食べたい人には物足りないようだ。

『ただでさえ、オリジナルカレーとは違うオペレーションを店に強いるメニューなんだ。その上、骨付き肉は食べ難《にく》いからどうしても滞店時間が長くなってしまう。俺の見立てでは一・五から二ぐらい客の回転は落ちる』

『代わりに客単価が二百円ぐらいあがる。それに、これまで「わがままスプーン」に来たことがなかった若年女性層を取り込むことも可能だ』

右田係長の反論に勝田さんはゆっくりと首を振った。

『メニューにスープカレーがあるぐらいで、男性ばかりの「わがままスプーン」に女性客は来ない。そもそも女性は美味しいものを食べるだけでなく、一緒に食べる人たちとのコミュニケーションを食事の目的にしている。食べながらゆっくりとおしゃべりができない店には来てくれない』

『分かってないな、だからドリンクやデザートも一緒に強化するんじゃないか』

『ますます回転が悪くなる。それに、そんなことをしたらロイヤルユーザーだった男性客が離れてしまうぞ』

いわゆるディベートだったら、勝田さんの圧勝だろう。けれど右田係長は折れない。

『いずれにしても、販促係に指図されるいわれはない。お前は黙って俺たちが作ったメニューの幟やPOPでも作ってろ』

思わず声を上げそうになった。しかし勝田さんが小さく首を振ったので我慢した。

『気分を害したのなら謝る。くり返しになるがスープカレーそのものを否定する訳でも、開発されたレシピの完成度に難癖をつけてる訳でもない。良い商品ができたと思うし、味は最高だ。だからこそ、展開方法はもっと吟味した方が良い』

とりあえず、その場は結論持ち越しで終わったが、打合せに出ていた何人かが勝田さんの意見に同調したこともあって、経営上層部が直接二人の意見をヒアリングする騒ぎにまで発展した。

『おい、勝田。お前のお陰でスープカレーは立往生だ。どうしてくれるつもりだ』

役員会議室から戻ってくるなり、右田係長が勝田さんを怒鳴りつけた。

『どうも、こうも。懸念点があったら気が付いた奴《やつ》が口を開くべきだ。うちは何時から自由に意見もできない会社になったんだ？』

『……まあいい。あれだけ大見得を切ったんだ、来週までになんとかしろよ。楽しみにしてるからな』

そう吐き捨てると右田係長はどこかへ行ってしまった。そして、一係の面々が順々にこちらを睨《にら》みつけるようにして後を追いかけていった。

『どうでした？　役員の反応は』

私は夏に展開することが決まっているキーマカレーの卓上ＰＯＰの見本をカッターで切り取る作業をしながら勝田さんに声をかけた。

『とりあえず、右田と俺の意見をそれぞれ聞いてくれて、あれこれと質問されたよ』

『右田係長が言ってた来週までにどうのこうのってのは、何なんです？』

『うん？　ああ、来週の商品導入決定会議に、右田の当初案と合わせて、俺の提案も聞いてくれるって話になった』

『えっ！　本当ですか』

大変なことになった。商品企画係の人たちは、普通、商品導入決定会議の準備に一ヶ月はかけている。試作をくり返して味を調《ととの》えるのはもちろんだが、説明資料の準備や店舗に導入する際の器や盛り付けなども考えなければならない。

『どうするんですか？　たった一週間だなんて、とてもじゃないけど間に合わない』

『うん、まあ、普通の新商品提案だったら大変だけど、俺たちがするのは新業態提案だからな。もっともっと大変かもな』

勝田さんは急にニンマリとした笑顔になった。

『あっ、えっ、その笑い方、なんか変なことを考えてますね。……そもそも、俺たちって何ですか？　勝田さんの提案ですよね？』

『何を言ってるんだ、右田と俺というよりも、一係と販促係の勝負って話になったんだよ。当然だけど、龍子も巻き込まれてもらわないと』

『えーっ、マジですか……』

その日から、日中は通常の業務をこなしつつ、定時を過ぎると商品導入決定会議に向けた準備を始めた。勝田さんは総務に掛け合って、地下にある書庫を準備室として借り、そこであれこれと作業を始めることになった。

『メニューについては、ちゃんと考えがあるから大丈夫。そもそも、ベースになるスープカレーは一係がしっかりとしたものを作ってくれてる訳だから、それを使えばいい。それよりも俺たちがするのは「新業態」の提案だから。新しい店のコンセプトを役員連中にばっちりとイメージさせないとダメなんだ』

書庫には段ボールに模造紙、画用紙、工作用紙、針金、ガムテープ、ポスターカラーやサインペンなどが大量に持ち込まれていた。まるで学芸会で披露する劇の大道具を作る図工室か、学園祭の準備をする生徒会室といった雰囲気だ。

『こんなに大量の模造紙って、何に使うんですか？』

『分からないか？　実寸大の新しい店を作るんだよ』

『えっ！　実寸大の店を、これで？』

『うん、流石に天井は要らないけど、店の外観、それに店内の様子を実寸大で再現するんだ。車だって家電だって、デザインを決定する際は実寸大の模型を作るんだぜ。

店だって実寸大で見せた方が話は早い』

『はぁ……、でも、その作業を二人でやるんですよね？』

『まあな。ああ、でも心配するな、その辺もちゃんと考えてある』

勝田さんが考えたコンセプトは「仕事で忙しい会社勤めの女性」をメインターゲットにした都市型の小規模店だった。出店候補は、駅構内の立ち食い蕎麦《そば》やセルフサービスのコーヒーショップが退去した跡など比較的小規模な物件に絞り、家賃などの固定費を極小化する。

メニューは「スープカレー」に加えて「ポトフ」「ブイヤベース」「サムゲタン」「とん汁」の合計五種類を常時用意し、基本的にワンウェイの紙器で提供。テイクアウトしてオフィスや自宅で食べるもよし、カウンターを中心としたイートインスペースで食べるもよしの形式にするという。

ベースのスープは鰹節《かつおぶし》、昆布に野菜と鶏ガラを合わせたしっかりとしたものを共通で使いつつ、カレー、トマト、魚介、チキン、味噌《みそ》など、味を調えるソースと具でバリエーションを増やし、サンドイッチやおにぎりといった主食となるものを同時提供することで栄養バランスを整えながら客単価もアップするという組み立てだ。

店舗名は『ほっとぽっと』。忙しい家族のために作ったような「ほっとする味」を提供したいという想いと、お鍋を意味する「ｈｏｔｐｏｔ」をかけ合わせたものだ。

『何時の間に、こんなものを考えてたんですか？』

店内に入ってすぐのオーダーカウンターの色を塗りながら尋ねた。

『うん……、前に龍子が言ってただろ？　メニューを考えるためにノートにあれこれとアイディアを書き付けてたって。俺も同じようなことを、ずっとしてたんだ』

何か返事をしなければと思ったけれど、何と言ったら良いか分からなかった。何時も飄々《ひょうひょう》とした様子でみんなのために身を粉にして働いているように見えたけど、陰で地道に研究を続けていたとは知らなかった。

『俺、何時も思ってたんだ。なんで、うちの会社が真面目《まじめ》にカレーを作ってることをもっと強く訴えないんだって。龍子も知ってるけど、うちが使ってる材料はどれも厳選されたものばかりだろ。肉や野菜はもちろん、水質まで細かく調査してセントラルキッチンの立地を選ぶほどなんだ。それに何時だって作り立てにこだわって添加物は一切使ってない。つまり「安心して食べられる・食べてもらえる」ってのに、長年取り組み続けてるんだ。それをもっとハッキリと訴えてもいいと思うんだ。そんな想《おも》いを「ほっとぽっと」のコンセプトに反映したつもりなんだ』

結局、新業態店舗の実寸大模型作りは前日の夜までかかった。

『いよいよ明日は本番か……、プレゼンは俺がするけれど、実際のオペレーションを見てもらうところで、ちょっと龍子にも手伝ってもらいたいんだ』

『えっ！　手伝いってなんですか？』

『別に難しいことじゃないよ。店内に入ってきて、適当にサンドイッチかおにぎりを選んで、何かスープを注文してくれたらいいだけだから』

『はぁ、まぁ、乗り掛かった船ですから、やれって言うならやりますけど……』

そして会議本番を迎えた。大した役割があった訳でもないのに、私は緊張で頭が真っ白になり、正直なところ、あまり覚えていない。とりあえず、勝田さんに言いつけられた通りにお客さんとして店内に入り、注文をして、棒読みながら『わーっ、美味しそう！』とセリフを言う役割だけは何とか果たした。

勝田さんの説明は長年練りに練ってきたであろうこともあって、とても説得力があり、細かなところは、これから全社プロジェクトとしてメンバーや資金を増強すればさらに良くなることが感じられる内容だった。出席者である役員たちからも次々と質問が出るなど、なかなかの手ごたえだと思った。

会議が終わり、大量の荷物を台車に載せて書庫に引き上げてくると、勝田さんがほっとしたように溜め息をついた。

『よかったですね。あの反応ですから、きっと大丈夫です』

『ありがとう。まあ、結果はどうあれ目一杯のことがやれたよ。龍子に手伝ってもらったお陰だ。ありがとうな』

姿勢を正すと勝田さんは頭を下げた。

『やだな、やめてくださいよ』

『さて、どうする？　飲みにでも行くか』

『いや……。できたら帰って寝たいです』

『だな。まあ、結果がでたら祝勝会をしよう』

けれど、そうはならなかった。

一週間後、課長に勝田さんと右田係長が呼び出された。結論から言うと、勝田さんが提案した新業態の導入は「見送り」だった。従来の『わがままスプーン』とは全く異なる店舗運営に不安を口にする役員や幹部がいたことが主たる理由だった。

対して、右田係長が提案した「スープカレー」をグランドメニューに加える提案は採用されることになった。もちろん、店舗導入に向けてはいくつかの修正を検討しなければならないが、一係対販促係の勝負は一係の勝利で終わった訳だ。

けれど、会議室から出てきた右田係長と勝田さんの表情は対照的だった。複雑な顔の右田係長に対して、勝田さんは晴れ晴れとした表情だった。

『どっ、どうでした？　採用ですよね？』

『うん？　ああ、ごめん、ダメだった。すまんなぁ、龍子には散々手伝ってもらったのに。どうも、ツメが甘いみたいだな俺は。すまん、すまん』

はっはっは、と笑いながら勝田さんは席に座り『で、トマトカレーフェアの見本って、できた？』と、私に出していた宿題について質問を始めた。

その日も残業をしていると、不意に勝田さんに声をかけられた。

『それ、今日でなくても大丈夫だろう？　ちょっと付き合えよ』

『ええ、まあ、いいですけど……。また例の「超わがままカレー」じゃないでしょうね？　あれ美味しいですけど、後で体重が大変なことになっちゃうんですから』

『はは、そうなんだ。まあ、今日は普通に飲みに行こうや』

バタバタと片付けて三十分後には、会社の近くにある居酒屋で乾杯をしていた。

『すまんな、祝勝会だなんて言っておいて、結局は残念会になってしまって』

自虐的な言葉に何と返せば良いのか分からなかった。勝田さんも何を話すと言う訳でもなく、ただ『俺はさ、俺は、うちの会社が大好きなんだ。だって、あんなにも一生懸命にお客さんに美味しいカレーを食べてもらうことに必死になってる奴ばかりの会社なんて、世界中にないと思うんだ、うち以外にね』と、そんなことばかりをくり返していた。本当なら、採用を見送った役員の不見識や、抜け漏れだらけの新商品導入案を出す商品企画に対する不満など、愚痴を零してもおかしくないのに、ただただ自分たちが勤める会社の凄さや素晴らしさを部下である私に語り続けていた。

『な、だから、一度や二度、自分たちの提案が採用されなかったからって、不貞腐《ふてくさ》れたらダメだ。また、何時か機会があるかもしれない。だから、それまで頑張ろう』

なんで私が慰められているのか分からなかった。多分だけれど、私に向かって話をしているようで、きっと勝田さんは自分に言い聞かせていたに違いない。

かなりのペースで飲んだこともあって、居酒屋を出るころには、二人ともかなり酔っぱらっていた。駅に向かってふらふら歩いていると、街灯に照らされた小さな公園が目に入った。

『ほら、ちょっとベンチで休みましょうよ』

私は勝田さんの袖を引っ張って公園へと入った。公園は滑り台がひとつ、それにブランコと鉄棒、砂場があるだけの簡素なものだった。真ん中にはバスケットコート半面ほどの広場があった。

勝田さんはふらふらと立ち上がると踵《かかと》で広場に何やら線を引き始めた。

『ここがさぁ、入り口な訳よ。でもって、サンドイッチやおにぎりのショーケースが、ここにあって、オーダーカウンターはここ』

私も立ち上がり、少しばかり描き足した。

『イートインコーナーですけど、カウンターだけってのは、ちょっとな。二人がけの対面テーブルも、いくつかあった方が良いと思います』

『まあ、立地と家賃次第だな。よし、できた。おい、龍子、お客さんをやれ』

『えーっ、またですか？』

『いいから、ほら、早く』

私が渋々といった感じで入り口の外に立つと、勝田さんは澄ました顔でオーダーカウンターに立った。

『ああ、お腹が空《す》いた。さて、今日は何を食べようかな』

私は勝田さんが書いたシナリオ通りのセリフを口にしながら店に入った。

『いらっしゃいませ』

真面目な顔の勝田さんに思わず噴き出してしまった。

『えーっ、もうちょっと、やわらかでフレンドリーな挨拶のほうが良くないですか？先週の会議でも、ちょっと固いなって思いました。もしかして緊張してました？』

『うーん、そう言われてもなぁ……。じゃあ、こんな感じか？　いっ、いらっしゃーい！』

『「新婚さんいらっしゃい！」の三枝《さんし》じゃないんだから！』

街灯があるとはいえ、勝田さんの顔はよく見えなかった。ただ、時々だけれど月明かりが反射した頬は、少しばかり濡《ぬ》れているように見えた。そういう私も途中から涙が止まらなくなり、口がちゃんと回らなかった。

『スープは……、スープはサムゲタンでよろしいでしょうか？　さっ、サイズはLですかね？』

『あっ、もう……、あのですね、ちゃんとMサイズを薦めてくださいってば』

『……だって、だって、龍子はめちゃくちゃ食べるじゃん？』

『もう……、龍子じゃなくて、お客さんでしょう』

翌朝、出社すると勝田さんは普段通りに仕事をしていた。よく見れば目が充血しているが、特に変わった様子はなかった。けれど、昨日まで机の端に専用ボックスを置いて保管していた新業態の提案資料はすべて片付けられていた。

『おはようございます。昨日はご馳走様《ちそうさま》でした』

『おう、おはよう。どういたしまして』

溜まっていた仕事を片付けながら勝田さんは応えてくれた。

『あの、書庫の片付けって、何時します？』

『うん？　ああ、もう朝のうちにやっておいたよ。敗戦処理まで龍子の手を借りるのは申し訳ないなって思って。きれいさっぱり捨ててやった。いや、すっきりしたよ』

その晴れ晴れとした表情に、本来ならばほっとするべきところだが、なんだか嫌な予感がした。実際それは的中し、翌月付で勝田さんは営業部へ異動となった。しかも、本社勤務ではなく西日本エリアの店舗担当として大阪に転勤だという。

『俺が抜ける代わりなんだけど、店舗研修を終えたばかりの新人をもらうことにした。龍子がちゃんと面倒を見て、一人前に育てるんだぞ』

内示が出ると勝田さんはすぐに教えてくれた。

『えっ？　勝田さんが抜けた代わりの補充がなんで新人なんですか？　誰か新しい係長が来てくれるんじゃないんですか？』

慌てる私の顔が余程おもしろかったらしく、勝田さんはひとしきり笑った。

『何を言ってるんだ、お前が係長だよ。ああ、資格が足りないから係長代理だけど。大丈夫、お前ならすぐに代理を外してもらえる。それどころか、すぐに仕事を大きくして販売促進係を課にしてもらえると思うよ。どんどん仕事をやって、どんどん偉くなって、もっと立派な会社にして、幸せな社員を増やしてくれ』

『そんな……』

『大丈夫、会社を辞める訳じゃないんだから。それに店側で何かできることがあったら、遠慮なく相談してくれよ。何時でも応援するから』

勝田さんが大阪に転勤してしまい、あまり年格好の変わらない後輩が部下となり、慌ただしく仕事をこなす毎日が続いた。気が付けば十一月一日を迎え、『わがままスプーン』に「スープカレー」が導入された。

導入当初こそ、大量の広告投入やテレビの情報番組に取り上げられたこともあってオーダーも増え、右田係長の狙い通りに若い女性客も店にやって来た。けれど、早くも月の半ばには勝田さんの見立て通り、常連客が敬遠するようになり、また女性客のリピートも獲得できず売上を下げはじめた。結局、年明け早々にスープカレーはメニューから消えてしまった。

しかし、驚いたことに別な形でスープカレーは復活することになった。松の内が明けたばかりで正月気分も抜けきらないある日、商品企画一係から新たな販促物制作依頼が届いた。その中身は、なんと『ほっとぽっと』に関するものだった。去年の春に勝田さんが提案した内容をほんの少し修正しただけで、大半は元のまま。それを堂々と使って出店するという。

新業態の提案者欄には右田係長の名前が書かれていた。資料のどこをみても勝田さんの名前は一か所も出てこない。

『どういうことですか！』

私は会議室に右田係長を呼び出した。

『いや、俺も気が引けたんだけど……、勝田から諭されたんだ。「誰の手柄でもいいじゃないか？　会社が良くなるなら。それに販売促進係の俺が提案したものじゃあ、みんなも納得し難かったってのも分かるんだ。やっぱり本流ど真ん中の商品企画課商品企画一係っていうエースの提案でないと、みんなも心配になるよ。だから俺に気を遣わず、使えるものは何でも使ってくれ」って』

『だったら、せめて営業部から本社に戻してあげてください。あの業態を考えたのは勝田さんなんですから。そもそも店舗数を増やしたり細かな修正をくり返したりってことを考えたら、戦力補強の意味でも勝田さんに戻ってもらった方が良いに決まってるじゃないですか！』

右田さんは相当にバツが悪いらしく私に背を向けて窓の外を見やった。

『それもあいつに断られた。「俺はやっぱり現場の方がいい」って』

「素敵な方ですね勝田さん」

宝田さんの声でふと現実に戻った。

「ええ……、いつも大変なところばかりを引き受けて、やっと陽《ひ》の目を見るようなタイミングになると誰かにそれを譲ってしまう。実際に営業部に行ってからも同じようなことばかりをくり返してるんです。業績が厳しい店舗やエリアへの異動を打診されると絶対に断らない。それでいて問題点の立て直しに目途《めど》がついたと思ったら、それを部下や後輩に譲ってしまう。だから表面上の業績はずっと悪いまま。私みたいな落ち零れが部長なのに、係長のままで早期退職対象者に選ばれてしまうだなんて……」

「失礼ですが、森村様の部へ異動させるなどはお考えにならなかったのですか？」

「もちろん、それも考えました。内々に勝田さんにも相談しましたけど一笑に付されてしまいました『龍子に気を遣わせることになるだけだから』と」

「そうでしたか……」

続けて再来月で勝田さんが退社してしまうことを宝田さんに話した。

「こうして話しながらふり返ってみると、本当に勝田さんにはお世話になりっぱなし。なのに、何もお返しできていない。……せめて退職の餞《はなむけ》に何か贈りたいのですが、何がいいんでしょうね」

　宝田さんは少しばかり首を傾げていた。しばらくすると「そうだ！」と呟《つぶや》いた。

「あの、よろしければ少々ご提案がございます。すぐにご用意しますので、今しばらくお待ちください」

　宝田さんは急いで立ち上がると、階下へと駆けていった。

　ふと窓の外に揺れる柳の枝を眺めながら思った、なんでペラペラと話してしまったのだろうと。ぼんやりしていると、タッタッタッとリズムの良い足取りで宝田さんが戻ってきた。手には丸めた模造紙とサインペンがあった。

「模造紙を贈られるのはいかがでしょう？」

「模造紙を？」

「ええ。ああ、もちろん模造紙だけでなく、サインペンやポスターカラー、それに両面テープなども」

「……はぁ。でも、どうしてですか？」

　宝田さんは模造紙を作業台に置くと私に向き直った。

「会社を辞められた後のことが決まっていないのであれば、いっそ勝田様が会社をお作りになれば良いかと思いまして。お話を伺った限りですが、色々な事業計画をお持ちの方かと。もちろん、事業を営まれる訳ですから、それなりに元手も必要になりますが、最近はクラウドファンディングという手法があるそうです。ぜひ、模造紙などをお使いになり、具体的なお店のアイディアをSNSなどで発信され、広く出資を募るのはいかがでしょう？　もちろんネット上に事業計画を披露する訳ですから、盗まれてしまうリスクはございます。なのでスピード勝負になるかとは思いますが」

私には思いつけないことだった。

「勝田さんの会社……」

宝田さんは二つの作業台をくっつけてならべると、奥の引出しから新聞紙を取り出して天板に広げた。その上に模造紙を一枚置くと私にサインペンを差し出した。

「贈り物に同封されるお手紙も、模造紙に大きな字でお書きになる方が相応しいと思います」

私は差し出されたサインペンを受け取った。

「ゆっくりとお書きになってください。間違えたら何度でも書き直してください。予備はこちらに置いておきます。私は下で品物を見繕って梱包《こんぽう》をしておきます。では」

そう言い置くと宝田さんはゆっくりとした足取りで階段を降りて行った。

私はサインペンを作業台に置くと、窓に近づいて外を眺めた。もう、すっかりと暗くなり、窓ガラスには私の顔がはっきりと映っていた。深呼吸をして作業台の前に戻ると、意を決してキャップを外し、一気に書き始めた。

販売促進係に異動になったばかりで、何にもできなかった自分に嫌味ひとつ言わずに、あれこれと丁寧に教えてくれたこと。同期の商品企画係の誰かが脚光を浴び、目の前の地道な仕事に嫌気が差し、投げやりになりそうになると、一生懸命に前よりも良くなったところを探して褒めてくれたこと。私の代わりに、何回頭を下げてくれただろう。私のために何人に根回しをしてくれただろう。私に様々な経験をさせるためにあれこれと調整をしてどれだけ汗をかいてくれただろう。

『龍子なら大丈夫』

『龍子って、こんなので満足しちゃうの？　もう一声がんばろうよ』

『なんだよ、気にするなって。龍子のお陰で俺が上司っぽいことができたんじゃん』

一生懸命に書いたけれど、ところどころが滲《にじ》んでしまった。どんなに言葉を尽くしても感謝の気持ちを伝えきることなどできないことを痛感した。

色々と考えたけれど、最後は次のような言葉で締めくくった。

《会社を卒業してしまう勝田さんに贈るには、
何が相応しいだろうかと、悩みました。
結論は「模造紙」です。

もう、誰にも遠慮は要りません。
ぜひ、勝田さんが理想とするお店を作ってください。
まずは、この模造紙を使って最高のプレゼンをして出資を募ってください。
もちろん、私が出資者第一号になりますから。

どんなお店が提案されるのか、今から楽しみでなりません。
一日でも早くお店ができて、
そこに勝田さんが立っている姿を見たいです。
もちろん、お客さんの第一号も私です。
何時までも、いつまでもずっとずっと応援します。

森村龍子》

＊　＊　＊　＊　＊

銀座の片隅にある文房具店『四宝堂』。店主の宝田硯が通りの掃き掃除をしている。

「おはよう」

朗らかな声にふり向くと、『株式会社 銀座の総務』を経営する登川《とがわ》が立っていた。

「おはようございます」

「何時もながら感心するよ、今どき通りの掃き掃除だなんて」

「いえいえ店の周りを少し掃いているだけですから。登川様もお忙しそうですね」

「まあ、ぼちぼちって感じだけど。なにせ銀座という場所は次から次へと新しい店がオープンするから。手続きの代行やら細かな作業やらと、意外に仕事が途切れない」

「それはそれは。おや、その紙袋は」

登川が鞄と一緒に提げている紙袋に硯の目が留まった。紙袋には《握り飯と具だくさん味噌汁の専門店　勝ちむすび》と、味のある筆文字で書いてあり、その傍らには桃太郎に猿、犬、雉《きじ》、さらには鬼たちまでがニコニコと笑いながら、おにぎりを頬張り、たっぷりとよそわれた汁椀《しるわん》の味噌汁をすすっている絵が描かれていた。

「確か先月オープンしたんですよね？　ほんの二筋ほど離れているだけなので、近くを通りかかるたびに覗いてみるのですが、何時も大変な行列でして……」

「うん、お陰様で繁盛してるみたい。実はね、私はこの店の出資者でもあるんだ」

「ほぉ、そうでしたか」

「クラウドファンディングって言うの？　ＳＮＳで動画を見てたら、模造紙とかで作ったんだと思うんだけど、実寸大の店舗模型を使って営業イメージを丁寧に説明する事業計画があったんだよ。もうさ、すぐにでも営業できそうなぐらいに細かなところまでしっかり詰めてあって、これは筋が良さそうだなって思って。ヘソクリから少しばかりだけど出資してみたんだ。今のところ上手く行ってるみたい。やっぱりさ、一生懸命に頑張ってる人を応援するのって楽しいし嬉しいよね」

「ですね」

　ここは柳の枝が揺れる銀座の路地。真っ赤な円筒形のポストの前には老舗文房具店『四宝堂』がある。通りを掃き清める店主と常連客との立ち話は、もうしばらく時間がかかりそうだ。

監修協力・福島槙子（文具プランナー）

小学館文庫
好評既刊

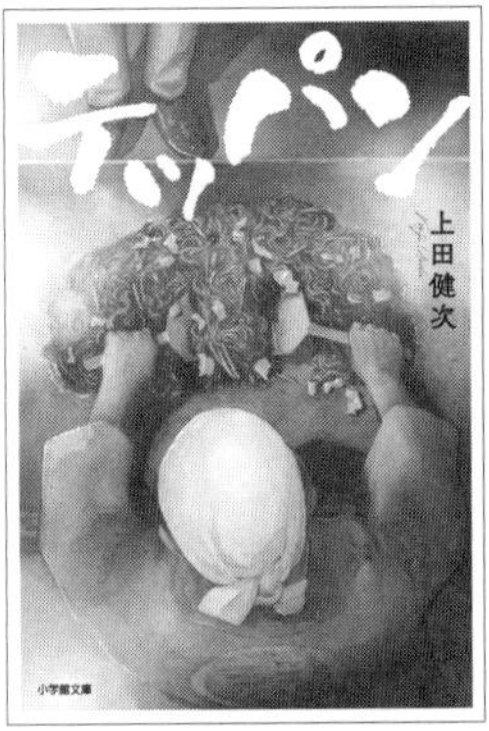


# テッパン

上田健次

ISBN978-4-09-406890-0

中学卒業から長く日本を離れていた吉田は、旧友に誘われ中学の同窓会に赴いた。同窓会のメインイベントは三十年以上もほっぽられたタイムカプセルを開けること。同級生のタイムカプセルからは『なめ猫』の缶ペンケースなど、懐かしいグッズの数々が出てくる中、吉田のタイムカプセルから出てきたのはビニ本に警棒、そして小さく折りたたまれた、おみくじだった。それらは吉田が中学三年の夏に出会った、中学生ながら屋台を営む町一番の不良、東屋との思い出の品で——。昭和から令和へ。時を越えた想いに涙が止まらない、僕と不良の切なすぎるひと夏の物語。

**小学館文庫**
好評既刊

# 銀座「四宝堂」文房具店

上田健次

ISBN978-4-09-407192-4

銀座のとある路地の先、円筒形のポストのすぐそばに佇む文房具店・四宝堂。創業は天保五年、地下には古い活版印刷機まであるという知る人ぞ知る名店だ。店を一人で切り盛りするのは、どこかミステリアスな青年・宝田硯《けん》。硯のもとには今日も様々な悩みを抱えたお客が訪れる——。両親に代わり育ててくれた祖母へ感謝の気持ちを伝えられずにいる青年に、どうしても今日のうちに退職願を書かなければならないという女性など。困りごとを抱えた人々の心が、思い出の文房具と店主の言葉でじんわり解きほぐされていく。いつまでも涙が止まらない、心あたたまる物語。

―本書のプロフィール―

本書は、小学館文庫のために書き下ろされた作品です。

小学館文庫

# 銀座《ぎんざ》「四宝堂《しほうどう》」文房具店《ぶんぼうぐてん》Ⅲ

著者　上田健次《うえだけんじ》

二〇二四年四月十日　　初版第一刷発行
二〇二四年十一月二十五日　第四刷発行

発行人　庄野　樹
発行所　株式会社　小学館
〒一〇一-八〇〇一
東京都千代田区一ッ橋二-三-一
電話　編集〇三-三二三〇-五一三七
　　　販売〇三-五二八一-三五五五
印刷所——TOPPAN株式会社



この文庫の詳しい内容はインターネットで24時間ご覧になれます。
小学館公式ホームページ　https://www.shogakukan.co.jp


ISBN978-4-09-407348-5